NAZORORI

ナゾロリ

まじめにふまじめ × ミステリー

[原作] 原ゆたか

[作] 岐部昌幸

[絵] 花小金井正幸

おうごんの
ようがい
サーカス
事件

『ナゾロリ』せつめい書

- まじめにふまじめなミステリーが6話読めます
- 凶悪な事件がおきる話はありません
- 主人公はゾロリではありません
- 主人公は少年探偵のミッケルたちです
- 登場人物たちの会話のなかに事件解決の
  ヒントがたくさんかくされています！

この本の楽しみ方

1 さいしょのページ
事件のはじまりが書かれているぞ。ここからナゾトキのスタートだ！

2 事件現場ページ
現場のようすと事件関係者を確認しよう。重要な証拠を見のがすな！

3 手がかりページ
現場にのこされた手がかりを、ミッケルたちがリストアップ。

6 解決編ページ
ついに事件は解決へ……と思いきや、ゾロリがなんだかあやしい動きを……!?

5 推理ページ
ミッケルがこれまでの情報をもとに推理スタートだ！「読者への挑戦状」も要チェック。

4 聞きこみページ
ここで事件関係者から情報を聞きだすぞ。解決へのヒントをつかめ！

『ナゾロリ』のおもな登場人物

かいけつ ゾロリ

いたずらの王者をめざして、旅をしているキツネ。

カルタ

お話し好きで人見知りしない性格のミステリー大好き少女。高いコミュ力で、事件関係者から証言をどんどん引きだす。直感がするどく、ミッケルの推理を手助けすることもある。海のないのどかな土地で生まれ育った。かるた遊びが好き。

ミッケル

IQ190の天才少年。なかまのゴーカイとカルタと力をあわせ、いくつもの事件を解決している名探偵。しかし、ゾロリがらみの事件となるとペースをくずされて、調子が悪くなることも!? とくいのダンスで、頭脳がフル回転する。

ゴーカイ

刑事をゆめ見る少年。見た目のどっしり感のせいか、事件現場でベテラン刑事によくまちがえられる。そのため、自分から質問しなくても、事件の目げき者が情報をくれることがある。

もくじ

あらしをよぶ
巨大ロボ事件

すきとおった青い海にうかぶ小さな島じま。
このエリアは『オモテナシティー』とよばれ、
世界中のセレブが島にある超高級コテージで
バカンスを楽しんでいる。
人気の理由はうつくしい景色だけではない。
最先端の高性能ロボットが、ごうかでおいしい
料理をつくってくれたり、うっとりする音楽を
演奏してくれたりする、ほかでは味わえない
近未来のサービスでも話題なのだ。

だが、そんなリゾート地にふさわしくない、
さけび声がビーチにひびきわたった。

「キャー‼　ビーチがふさがれてる⁇」

「な、なんなんだ！　この大きな物体は⁉」

「これは……巨大ロボ⁉
ん？　あっちにももう１体あるぞ！
なんだか、キツネっぽい
見た目のロボットが……」

5

事件現場

ゾロリっぽいロボも
大の字でたおれている。

大の字になってたおれて
いるオンボロ巨大ロボ。

島ごとに
高級コテージがある。

ボディーには小さな
もようがある。

連絡船が大渋滞
している。

管理人室には
大量の土砂。

トロピカルなフルーツが
たくさん実っている。

事件の関係者たち

アロハ
【おみやげ屋店主】

島生まれ島育ち。島
のことならなんでも
知っている陽気なマ
ダム。地元のおみや
げを販売している。

マディー
【はかせ】

天才発明家。『オモ
テナシティー』でか
がやくする高性能な
ロボットを開発して
いる。

オセワ
【管理人】

島の管理人。元バン
ドマン。お気に入り
のヘッドホンからは
つねに大音量の音楽
が流れている。

タスケL
【ロボット】

古くて巨大なロボ。
大の字であおむけに
たおれていた。

しっかしおどろいたな～。
被害者がロボットだなんてさ。

ゴーカイ

商店街のふくびきでオモテナシティー旅行券をゲットし、
ミッケル、ゴーカイ、カルタの3人は大はしゃぎで島をおとずれていた。
ところが、出むかえてくれたのは、きみょうな事件だった。

ロボットといえばカッコいいイメージだけんども、
ずいぶんとこっぱずかしいポーズをしてるっぺ。
とても高性能には見えねぇな。

カルタ

寝そべるように大の字でたおれているオンボロな巨大ロボ『タスケL（エル）』。
いつものルートをふさがれた連絡船がとおまわりをさせられていた。

ボクが集めた情報では「あんなデカくて古い
ロボ見たことない」って人ばかりだったよ。

ム？　このオモテナシティーには、
たくさんのロボットがいるんじゃないのか？

ミッケル

ほれ、これがパンフレットだ。リゾートではたらいてるのは、
スタイリッシュなロボットばっかりだべ。

料理、買い物、そうじまで、あらゆるおもてなしをするロボットたちは
みな高性能で、人型のスマートな見た目だ。巨大ロボは1体もいない。

それじゃあ、あの巨大ロボはどこか
べつのところから来たってこと？

フム。そして、なんらかの理由で、ズシンとここにたおれた。
だが、それ以上に気になるのが、もう1体のアレ……。

 どこをどう見ても、
ゾロリさんのロボだべな。

芝生で寝ころがる青春ドラマの
カップルのように、
タスケL に頭をつきあわせてたおれている
ゾロリっぽいロボット。
とうぜんオモテナシティーのロボではない。

 さぁさぁ！　うだうだ言ってねぇで、
ここは名探偵ミッケルさんの出番だべ！

 ムムム？　オレの出番？
だいたいこれは事件といえるのか？

 だけどさ、このままじゃ海で泳げないんだよ？
バカンスを楽しむためにもたのむよ〜ミッケル！

 フム……たしかにゾロリロボのほうも気になるし、
いいだろう！
真実はこのミッケルが、かならずミツケル！
そして、海もディナーも思いっきり楽しんでやる！

発見した手がかり

名探偵ミッケルとともに事件の手がかりを見ていこう。きっと、解決のヒントがあるはずだ！

手がかり1

きぜつしている？『タスケル』

口からオイルはダダもれ。ボディーにもアザみたいなもようがたくさん。本当にオンボロだね。

ロボットにアザなどできるのか？　ムムム？このもようはどこかで見たことあるような。

手がかり2

島の高級コテージ

島どうしがはなれているから、人目を気にせずにすごせて、お金もちに人気らしいべ！

ム？　おくのほうまで島があるのだな。移動がたいへんそうだが……ロボットがはこんでくれるのか。

手がかり3

管理人小屋

受付もあるけど、さいきんは、ほとんどのお客さんがインターネットで宿泊手続きをして直接コテージに行くらしいよ。

お客はここによらなくていいわけだ。管理人はふだん何をしているんだ？

手がかり4

リゾートらしからぬ光景

あれま！　管理人小屋のまわり、どろとゴミの山だっぺ！

人気リゾートとは思えない光景だな。おもてなしロボットも見当たらないし……。

手がかり5

トロピカルなフルーツ

この時期に実をつける、オモテナシティーでしかとれない超高級フルーツ。島の名物らしいよ。

しゅうかくするときは、島と島を移動しないといけないからたいへんそうだな。

手がかり6

ゾロリっぽいロボ

ゾロリさんは発明の天才。これもゾロリさんがつくったんだべか？

天才というわりに、ぶったおれているではないか。何をたくらんでいたんだ？　ム？ここにもあのもようが…。

聞きこみ に進む ▶▶

9

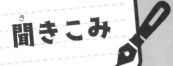

聞きこみ

このなかに、あやしい人物がいないか？
よーく話を聞いてみよう。

アロハ【おみやげ屋店主】

こんなにお客さんがいないのは、10年ぶりだわ。おみやげが
売れなくて、アタシも大の字になってたおれそう……なんてね、
アッハッハ！

おやおや？　お客がいないってどういうこと？　人気なんだよね？

 乙女ゴコロと島の天気は気まぐれ。昨日は、**10年にいちどの
大あらし**でね。でも、コテージにいた**お客さんたちは全員ぶじに
帰れた**みたいでホントよかったわ～。

あれま！　天気予報じゃ、あらしのことなんか言ってなかったべ！

フム。それで、例のロボットのことなのだが……。

 ああ、あの子は、**だいぶ古いロボット**でね。もう知ってるのは
アタシぐらいじゃないかしら。ずっと倉庫でねむってたのよ。
むかしは「『タスケル』なんて名前のくせに、場所をとるだけで
役立たず」って**バカにされて、子どもながらにくやしかった**わ。

ム？　……あの子？　……くやしかった？

もう1体のロボットのことは知ってる？

 見たことないわ。あんな、いかにもめいわくをかけそうなロボット。
タスケルといっしょにしないでもらえる？

この島で生まれ育ち、島のことならなんでも知っているアロハでも、
ゾロリロボには心当たりがないという。

 そんなことより、おみやげにどう？
島じまんのトロピカルフルーツ！　こんなに豊作なのは10年ぶり。
安くするわよ～、アッハッハ。

マディー【はかせ】

『オモテナシティー』のオシャレなロボットを生み出し、完ぺきなまでにコントロールする天才はかせ・マディーだゾゾゾー。

あんれま、自分で"天才"ってトッピングしちゃってるべ！

だが、そのじまんのロボットがまるで見当たらないが？

フンッ！　昨日の夜の想定外のあらしが悪いのだゾゾゾ──！

天才はかせ・マディーが手がけたロボットたちは、多少の雨でも活動可能だった。ところが、10年ぶりという大あらしには勝てず、活動停止。現在、それぞれのコテージでダウンしているのでは、とマディーは語った。

んだらよ、あのたおれている巨大ロボットのことは知ってるべか？

あのような古いロボットが島にそんざいしたなんて、知らなかったんだゾゾゾー！　今朝、機体をスキャンして調べたが、わしのロボットの性能の10分の1。なのに大きさは10倍！新幹線くらいの大きさなのに自転車くらいのスピードしか出ないへんてこな「のりもの」だゾゾゾー！

おやおや？　「のりもの」ってどういうこと？

あの巨大ロボを動かすにはパイロットが必要なんだゾゾゾー。

ム？　だれかがのらなければならないのか？

パイロットがそうじゅうしないと動かないというタスケし。マシンが古すぎるあまり、動かし方を知っている人も少ないだろうと、マディーは言った。いっぽうで、パイロットはすでにだっしゅつしているらしい。

じつは、**もうひとつのロボット**もスキャンしたのだが、メカとしてはけっこうよくできていたんだゾゾゾー。たおれているのがふしぎだ。ちなみに、あっちも**パイロットは必要なんだ**ゾゾゾー。

オセワ【管理人】

管理人小屋のあたりは昨日のあらしで、どろやゴミがまざった土砂の山ができていた。玄関ドアも下半分がうまっている。

よびだしボタンをおしても反応がないな……。

あ!! ドアがあかなくて、とじこめられてる?

ゴーカイは、玄関の前の土砂をかきだし、ドアにむかってドーン! となんども体当たりをした。すると、きゅうにドアがあいた。

ヘイ! さっきからどデカいリズムきざんでるのキミ?
これ、ドラムじゃなくてドアだぜ?

あれま! もしかして管理人さん? 無事だったべか?

………………え? なんか言った?

気だるそうに対応する管理人・オセワ。耳にかけられたヘッドホンから、爆音の音楽がもれ聞こえてくる。ふつうのボリュームで話しかけても、聞こえなさそうだ。

じつはぁ!! 昨日の夜のことでぇぇ!!! 話が聞きたくてぇぇぇ!!!!

ストップ! もうヘッドホンはずしたから聞こえてるっつーの!
イエスタデイ? それはもうハードでロックな夜だったぜ?

ム? あらしのことを音楽でたとえているのか?
で、昨日の宿泊客は無事だったのか?

ベイビー! 安心してくれ。ここの**管理人小屋によらなくても、ネットから手続きして帰れる**んだぜ?

オセワはそう言って、管理人用のコテージ予約画面をスマホで見せてきた。すべてチェックアウトずみの表示になっている。

そろそろいい? 管理人って8ビート、いや、16ビートくらいいそがしいわけ。アンコールはなしでたのむぜ?

12

推理Q に進む ▶▶

ミッケルの推理 🔍

ダンスをしながら推理することで
ミッケルの頭脳はフル回転するのだ！

ナゾ 1 ▶▶ 『タスケ L』はだれが、なぜ動かした？

倉庫にねむっていた、いにしえの巨大ロボット。
なぜ、**10年ぶりの大あらしでよみがえり、なぜ、あのような
大の字でたおれていたのか？**
さらに、タスケ L をそうじゅうしたのはだれなのか？

大あらしと全員避難した宿泊客　◀◀ ナゾ 2

島をおそった、とつぜんの大あらし。管理人小屋のドアをふさぐ
ほど大量の土砂が発生していた。だが、さいわいにも宿泊客は
あらしがひどくなる前に島をだっしゅつし、全員無事に帰っている。
いったい、ロボットはどの時点でたおれていたのか？

ナゾ 3 ▶▶ ゾロリっぽいロボの目的

毎回、事件現場できぜつしていたり、グーグー寝ていたりして、
ミッケルの推理をややこしくさせる男・ゾロリ。**今回はあろうことか、
もう1体の巨大ロボとして大の字にたおれ、事件をややこしくして
いる。**ゾロリロボのねらいはなんだったのか？

『事件の真実は
このミッケルがかならずミツケル!!』

オ・レッ!!

13

読者への挑戦状

被害者は巨大なロボット……？
しょうげきてきなこの事件、
いったいだれの犯行なのか？
真相にたどりつくためのヒントは
すべて手に入れている
キミの名推理を期待する

解決編で真実にせまる

解決編

みなさんに集まってもらったのはほかでもない。
今回の事件……名づけて "被害者は
巨大ロボット事件" の犯人はこのなかにいる！

ミッケルは関係者を海岸の安全な場所に集め、高らかに宣言した。

ボーカルの名探偵さんよ。魂のシャウトはけっこう
だが、ロボットなんてどれもこわれるもんだろ？
被害者あつかいはヘンだぜ。

ナヌ？　ワタシのロボットはかんたんにはこわれんゾゾゾー！
あんな古いロボットといっしょにするでない！

まあまあ、ケンカはおよしなさい。それにしても名探偵さん、
おもしろいこと言うわね。つづきを聞かせてちょうだいな。

フム。事件解決のカギとなるのが、昨日の夜の出来事だ。
むろん、何がおきたかはみんな知っているだろう。
……ひとりをのぞいてね。

あれま！　昨日「アレ」がおきていたことを
知らない人がいるってことだべか？　まさか！

フフフ。その人物はこの変わりはてた島の景色を、さっき
知ったばかりのはず……そうだろう？　オセワさん！

ストップ！　今のシャウトはちょっとノイズが
ヒドいんじゃないか？　聞きずてならないぜ？

じゃあ聞くが、昨日の夜、この島で
何がおきたか教えてもらえるかな？

おいおい、もうアンコールかい？
言っただろ？　**ハードでロックな夜**だったって。

そうそう、さっきもそう言ってたよね……。
おやおや？　この音……。

オセワのくびにかかったヘッドホンからは、
あいかわらずはげしい音楽がズシンズシンと流れている。

まさか、ハードでロックな夜って…………。

フム。そうだ。昨日のあらしのことをたとえたのでは
なかったのだよ。**ふつうに、ハードでロックな音楽を
大音量でひとばんじゅう聞いていただけ**なのだ。

ナヌ！　管理人なのにサボっていたのか！
見まわりもせずに！

ストップ！　どこに証拠があるんだ？
オレがサボってたって。

もちろんあるさ。あそこを見てくれ。

あそこは……管理人小屋の玄関じゃないの？

アロハがふしぎそうに見つめる玄関付近には、まだまだ大量の土砂がのこっていた。

フム。**今朝この玄関は、土砂にふさがれていた。**そして、オレたちが聞きこみに行くまで、ドアはあけられてもいなかった。

だからなんだっていうんだ？そんなシャウトじゃビクともしないぜ？

フッ。では、土砂はいつどのようにたまったのか？　あらしによってどろ水やゴミが海岸に流れこみ、そして**あるものがかべとなって、この場所にどんどんたまっていった**のだよ。

あるもの？　まさか！

そう、『**タスケL**』の**両足**さ。

あれま！　たしかにタスケLさんの足が、かべのようになってるっぺ！

事件現場をもう一度見てみると、たしかにタスケLの両足は、土砂が島じまへ流れでるのを食いとめるかのように広がっていた。

あらしによって玄関をふさぐようにたまった土砂。これこそ、昨日の夜、外に一歩も出ていない証拠さ。

あんなはげしいあらしに気づかないとは！管理人失格なんだゾゾゾー！

くっ！　サボったのは悪かった！だけど、オレとあのロボットは関係ない！

フム。**外に出ていないということは、巨大ロボの**
そんざいすら知らない。タスケ L はパイロットが必要だ。
オセワさんには動かせないのさ。

ナイスセッションだ！　**オレは**
容疑者からはずれたってことだな？

サボったことが今回の事件の無実を証明する形となったオセワ。
では、巨大ロボがたおれているのはだれのしわざなのか？

このなかで**ロボットにくわしい人物**……といえば？

言うまでもなく、マディーさんね。彼の開発した
ロボットがなければ、この島は人気リゾートになんて
ならなかったわ。感謝してる。

だが、ワタシはあんな古いロボなど知らないゾゾゾー！

フム。そのとおり。専門家だからこそ、ロボットを
ちゅうとはんぱに放置するはずがないのだよ。

とちゅうでこわれて、動かなくなったのかもしれないぞ？

ほかに自分が手がけた高性能ロボットがたくさんあるのに、
そうじゅうが必要なタスケ L をマディーさんが、わざわざ
あらしの夜に動かす意味がどこにあるのさ？

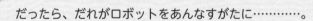
だったら、だれがロボットをあんなすがたに…………。

フッ。かんたんだろう？　のこりは、あとひとり……そう。

そしてミッケルはまっすぐにうでをのばし、ある人物を指さした。

犯人は『アロハ』だ！

おいおい、名探偵クン。おみやげ屋のマダムがあんな
バカデカいロボットをたおせるわけないだろう？

フム。どんな力じまんでも、あんな巨大なロボットを大の字に
たおすことなどできない。ある方法をのぞいてね。

ほぇ～どんな方法だべか？

……**タスケ**L**をそうじゅうしたのだよ、アロハさんが。**

ナヌ？　待つんだゾゾゾー！　あんな古いロボ、
そうじゅうするのはかなりたいへんなんだゾゾゾー！
彼女が動かしたという証拠はあるのか!?

アロハさんに聞きこみをしたときのこと。タスケLを「あの子」と
よび、みんなにバカにされて「くやしかった」と言っていた。
彼女はタスケLにとくべつな思いがあるのだよ。

それが、マダムがロボットをそうじゅうした理由？
それだけでは、未完成の失恋ソングじゃないか？

そう。彼女がそうじゅうするすがたを見たわけじゃない。
だが、さまざまな手がかりを集めていくことで、「真実」という
シンフォニーは完成するのだ。

そして事件解決というオーケストラの指揮者となったミッケルは、
完成したばかりの「真実」をひろうしはじめた。

まずは、天気予報も予測できなかった、**昨日のあらし。**
しかし、**島に長年くらす人なら気づけた可能性がある。**

たしかによ、アロハさん、聞きこみのときに言ってたべ
「10年前もおなじような大あらしがあった」って。

アロハは、まるでクラシックコンサートの観客のように、
ミッケルの推理をしずかに聞いている。

フム。もし、あらしを予測できたとしたら、
彼女は愛する島、そして宿泊客を全力で守ろうとしたはずだ。

だけどもよ、はげしい雨と風のなかで
アロハさんひとりの力じゃ、どうにもならないべ？

そこで、倉庫からタスケＬを引っぱり出して
起動させたのさ。島と人を守るために。

守る？　あんなかっこ悪い形でたおれてるってことは、
そうじゅうにしっぱいしたってことじゃないのかな？

フフフ。何を言っているのだ、ゴーカイ。
アロハさんのそうじゅうは成功しているじゃないか！
さっき管理人小屋で見ただろう？　ロボットの足もとを。

ナヌ？　まっ、まさか！　**土砂が島全体に流れこむのを**
食いとめるために、わざとあのポーズをとったというのか!?
信じられないゾゾゾー！

そう、こっぱずかしいポーズのタスケし。じつはあらしによって発生した
大量の土砂が、宿泊客のいるコテージに流れるのを食いとめていたのだ。

そして、ミッケルのシンフォニー「真実」はこれからクライマックスをむかえる。

ロボットのボディーについた「もよう」……心当たりはないだろうか?

この形……もしかして足あと!?

フム。では、タスケしの頭や手足がどこにあるか?
もう一度、「事件現場」を見てほしい。

つぎのしゅんかん、マディーとオセワはおどろきのハーモニーをかなでた。

ぜ、ぜんぶが……し、島とつながっているゾゾゾー!

そのボディーにはたくさんの足あとがつづいている。
つまりこれは……。

**フム!　ロッジにいた宿泊客は、タスケしの
ボディーを橋がわりにして、海岸側へと移動したのさ。**

かっこ悪いと思われていたタスケしのポーズは、英雄のすがただった。
大あらしの夜、かけ橋となって多くのいのちをすくっていたのだ。

アッハッハ。おみごとね、探偵クン。
あの子をそうじゅうしたのはこのアタシ。

しっかし、意外すぎるっぺ!
アロハさんがロボットを動かせるなんて……

じつは、アタシの父はロボットの開発者だったの。
そして完成したのがタスケし。子どものころよくのせて
もらって、いつの間にかそうじゅうもおぼえていたわ。

だが、巨体で動きもおそいタスケ L にかわって、
マディーが手がけた高性能なロボットが島でかつやくするようになった。
そしてタスケ L は長いあいだ、倉庫にねむっていたという。

しかし昨日、10年ぶりの大あらしを予感した
アロハさんは、タスケ L のもとに走った。

**10年前も、トロピカルフルーツが大豊作だった。
そして、海風からあの日とおなじにおいがしたの。
大あらしがやってくるにおいが。**

アロハは大急ぎでタスケ L を動かし、あらしがひどくなる前に
島と島をつなぐかけ橋になるように、わざと大の字でたおれたのだ。

だけど、そんなたいせつなパートナーをなぜ、
そのままにしているのさ？
あらしはやんだし、宿泊客も帰ったのに。

あら、まだ助けるべき仲間がいるからに決まってるじゃない。

ム？　仲間というのは……ここではたらくロボットのことか。

まだコテージには活動停止しているロボがたくさんのこっている。
タスケ L をわが子のようにかわいがっていたアロハにとって、
この島ではたらくおもてなしロボットたちもたいせつな仲間だった。

ナヌ？　おかしいゾゾゾー！　ロボットが活動しておる。
だれかが修理して、一か所に集めているゾゾゾー!?

マディーの持つタブレットには、なぜかロボットたちがひとつのコテージに
集まり、活動を再開しているという情報が表示されていた。

フム、みんなでそこにむかおう！

タスケＬの"かけ橋"をわたって、再起動したロボットがいるコテージに
たどりついた一同。するとそこにはおどろきの光景が広がっていた。

**このトロピカルなフルーツ、ウワサ以上のおいしさだぜ！
あ、おふろそうじのあとは、背中をマッサージしてくれ。**

ムムム、ゾロリ‼　なぜ優雅にリゾートを満喫しているんだ‼
さては、おまえ、あのフルーツを目当てに……。

発明がとくいなゾロリは、超高級フルーツをいただくために、
自分そっくりのしゅうかく専用ロボットをつくって、島にしのびこんでいた。
だが、とちゅうであらしにあい、あわててロボットをのりすててコテージに
避難。そして今朝、おもてなしロボットを修理して、くつろいでいた。

さぁて、フルーツもたくさんゲットしたし、ぼちぼち帰ると
するか。ロボットの修理代はあとで請求するからな～！

**ロボットにマッサージまでさせておいて、何が修理代だ！
くだものドロボー！**

こうして事件は解決した。ロボットたちによるおもてなしも再開され、『オモテナシティー』はふたたび人気リゾート地となった。ただ、ひとつちがうのは……。

ふたりとも、オモテナシティーのホームページ見てほしいべ!

わおっ! 『タスケル』がまたたおれてる!?

と、思うべ? じつは1日2回、島と島をつなぐかけ橋として、活動しているそうだべ! 名物アトラクションとしてバズってるんだってよ!

ムムム!? なぜゾロリロボまでたおれているのだ?

おやおや、ミッケル聞いてない? じつはあの日、ゾロリロボもかけ橋になっていたんだよ?

たまたま手足が島につながってただけなのに……。

そういうわけで、ゾロリロボもタスケルさんといっしょに1日2回、パフォーマンスでたおれるらしいべ。ゾロリさんはヒーローとして、フルーツ食べほうだいらしいべ。

ムムム! やっぱりなっとくいかないぞーっ!!

あらしをよぶ
巨大ロボ事件　解決

24

＃02 ホシだけが知っている
図書館事件

ヨミフケール図書館の入口には「本日臨時休館」と
書かれた、どっしりと重そうな立てかんばんが
出されていた。外は朝から強い日ざしで、ここ数日、
真夏らしい暑い日がつづいている。

立てかんばんを見た数人が、がっくりとかたを落と
し、大つぶのあせをぬぐいながら立ちさっていく。
クーラーのきいた図書館内で、一日ゆっくり
すごそうと考えていた人もいたかもしれない。

臨時休館の理由、それは……。
「だれが、こんなに本をちらかしたんだろう……」
「はっ、まさかドロボーでございましょうか！」

そう、図書館のあらゆる本が、たなから出され、
あちこちにつまれていたのだ。
すると、館内からさけび声が聞こえた。

「た、たいへんでございます！
ひ、人が……たおれてございます！」

そこには、白目をむいて、ヨダレをたらして
横たわるゾロリのすがたがあった。

25

事件の関係者（じけんのかんけいしゃ）たち

ブックル【館長（かんちょう）】

30年以上、館長をつとめている。とても世話好きで、その人にピッタリの本をおすすめするのが生きがい。今年で館長を引退する予定。

シオリン【職員（しょくいん）】

物しずかで、はずかしがりやの若手図書館職員。いろいろな本のジャンルにくわしくなろうと勉強中。星のアクセサリーがお気に入り。

アポロ【研究者（けんきゅうしゃ）】

宇宙科学関係の研究者。毎日のように朝から図書館をおとずれ、むずかしそうな本を読みふけっている。

ルドジ【スパイ】

おっちょこちょいのスパイ。ある目的のため図書館にしのびこんだようだが……いったいどこにいるのだ!?

この図書館にしかないきちょうな流れ星の写真集、1000人くらいじゅんばんを待って、やっとかりられる日が来たってのに……お休みとは、がっくりだべ。

うっひょ～、すずしい～！
よかった、中に入れてもらえて。

ゴーカイさんったら、見てのとおり、オラが落ちこんでて、しかも事件もおきてるのに「よかったべ～」はねぇべさ！

そ、そういう意味じゃないよ（それにボクは「べ～」とは言ってないんだけどな……）。

カルタにつきあって、ヨミフケール図書館にやってきていたミッケルとゴーカイ。事件解決のため、とくべつに館内に入れてもらっていた。あせは少しずつひいているが、思わぬ事件に出くわして、"ナゾ"はつぎつぎにわいてくる。

フーム。何かぬすまれたりしているのだろうか？

ボクに入った情報によると、**あちこちにつまれた本が多すぎて、何がなくなったのか、まだわからないみたいだゼ？**

しっかし、ドロボーが入ったにしては、こんなにもきれいにつまれているのは、ふしぎだべ。

フム。ひとつの山をつくるだけでもなかなか手間がかかるだろうな。

きみょうなのはきれいにつまれた本だけではなかった。

イテテテテ……うっ、あたまが！

あれま！　ゴーカイさん、どうした？
頭痛（ずつう）だっぺか？

つまれた本（ほん）を読（よ）んでみたら、ボクにはむずかしすぎてさ。
『ビッグバンたんじょうのひみつ』『超（ちょう）ブラックホールりろん』
『火星（かせい）いじゅう計画（けいかく）』……とか。

ほぇ〜原（はら）ゆたか先生（せんせい）が書（か）くような、
ユーモアたっぷりの本（ほん）は1さつもつまれてないべ。

このちいきではもっとも大（おお）きいヨミフケール図書館（としょかん）には、
およそ10万（まん）さつの本（ほん）がそろっている。なかには、手（て）に入（い）れにくいきちょうな
本（ほん）や、学者（がくしゃ）が研究（けんきゅう）のために読（よ）むむずかしい本（ほん）などもあるのだ。

ム！　つまれているのはどれも「むずかしい本（ほん）」ばかり……。
いったいだれがなんのために犯行（はんこう）におよんだのか？
事件（じけん）の真実（しんじつ）はこのミッケルがかならずミツケル！

発見した手がかり

名探偵ミッケルとともに事件の手がかりを見ていこう。きっと、解決のヒントがあるはずだ！

手がかり1 臨時休館の立てかんばん

本日休館

- 図書館はほぼ無休だから、めったに使わないみたい。ふだんは館内の地下倉庫にしまってあるんだって。
- とおくからでも見えるようにするためか、大きいな。はこぶのがたいへんそうだな……。

手がかり2 きれいにつまれた本

- ミッケルさんの言うとおり、これを本だなから出してならべるのは、時間がかかるしたいへんだっぺよ！
- フム。このていねいなあつかい……むしろ本が好きなのではないか、と感じてしまうな。

手がかり3 むずかしい本ばかり

- 「ビッグバン」に「ブラックホール」に「火星」に……うう、やっぱり頭が……。
- ム？ つまれた本に、共通点があるぞ？これは……。

手がかり4 目的はぬすむこと？

- 本だなに本をすべてもどさないと、ぬすまれたかどうかわからないらしいべ！
- 若手職員ともうひとりが、テキパキともどしているな。本がもともとあった場所をきおくしているみたいだ。

手がかり5 つまれた本がかべのように

- ここだけ、つまれた本が集められて「ひみつきち」みたいになってる。
- ムムム？ 本のつみ方が、ほかとちがってちょっといいかげんだぞ？

手がかり6 たおれているゾロリ

- あれま！ ゾロリさんが変わりはてたすがたに！
- ムムム。いったい、ここになんの用があったんだ？

聞きこみ

このなかに、あやしい人物がいないか？
よーく話を聞いてみよう。

関係者①

ブックル【館長】

アイタタタ……ずっと、**こしがいたくてねぇ。**
悪いが、いすにすわったままでいいかねぇ？

フム。もちろんかまわないさ。

図書館があんなことになったのには、いつ気づいたのかな？

今朝、若手職員のシオリンくんが見つけたんだよ。
報告を受けたワシが**立てかんばんを大急ぎで**
入口に出したんだ。 こんなことははじめてだねぇ。
あっ、こしイタタタ……。

ぬすまれそうな本はあるべか？

うーむ。もう手に入らないような古い本とか、いろいろある
からねぇ。一番きちょうな本は、かりるのに 1000 人待ちだよ。
世界中の流れ星をとった写真集で、この図書館にしかない
1 冊なんだねぇ。

あれま！　オラが今日かりるはずだった本だべ !!
まさか、ぬすまれたべか !?

これだけちらかってると、わからないねぇ……
まずは本をならべなおさないと。今シオリンくんとアポロくんが
ふたりで作業してくれているんだよねぇ。

アポロがもどす場所を指示して、シオリンがテキパキと本だなにおさめている。

あのアポロという人は、何者なの？

わかい学者さんでねぇ、毎日のように朝一番に来るんだよねぇ。
シオリンくんとなかなかいいコンビじゃないかねぇ？　ふふふ。

シオリン【職員】

ええと……この本は？　あ、そちらの本だなでございますね？
アポロさんにホント感謝でございます。

学者のアポロと力をあわせて、テキパキと本をもどしていくシオリン。
いったん作業が落ちついたところで、ミッケルたちの質問に答えはじめた。

朝出勤したら、いたるところに本がつまれてございまして、
ドロボーが入ったのかと……あわてて館長にお知らせしました。

フム。シオリンさんは、図書館の職員なのに……
なぜ、もどす場所をアポロさんに聞いていたのだろうか？

ワタクシ、アルバイトから職員になったばかりでございまして、
**宇宙関係の研究をされているアポロさんのほうが、つまれて
いる本にくわしいのでございます。**

ムムム？　宇宙？

ミッケルは、つまれた本を手に取ってみた。絵本から外国語の本まで、
いろいろなものがあるが、どれも宇宙にかんする本ばかりだ。

んだら、毎日ここに来てるアポロさんだったら、
手伝いもおねがいしやすいべ！

それが……アポロさんとお話するのははじめてなのでございます。
ワタクシ、超がつくほど人見知りでございまして。
**アポロさんのことはぞんじあげておりましたが……今日は図書館の
ピンチでしたので、勇気を出してお声がけをしたしだいです。**

はずかしそうに語りながら、シオリンは手に持っていた『星のずかん』を、
スッと本だなにもどした。

ム？　その本の場所は、アポロさんに聞かないでもわかるのだね？

ワタクシ、星をながめるのが大好きなのでございます。
だから、こういった本の場所はすぐわかるのでございます！

人見知りというのがウソのように明るい表情で答えたシオリン。かみには
キラキラとした星型のかみかざりがゆれていた。

アポロ【研究者】

フム。今日は臨時休館のはずだが、
どうやって中に入ったのだ？

わたし、ほとんど毎日、開館時間の3分前にきているんです。
わたしの研究にはかかせない、きちょうな資料がたくさんあります
ので。それでいつものように待っていたら、館内からシオリンさんの
さけび声が聞こえまして。

それで、中に入ったってわけだね。

んだら、立てかんばんはそのあとに出されたってことだべか？

そのようですね。**わたしが中に入るときには、
立てかんばんはまだなかったです。**

アポロさん、本の場所よくおぼえてるよね？
宇宙にかかわる本ならなんでも知ってるの？

わたし、研究者ですし、そもそも宇宙マニアなんですよ。
ですから、宇宙関係の本の場所なら……。

おなじ宇宙の本でも、ロケットなら「技術」のコーナー。星なら「自然」のコーナー。
宇宙がテーマの絵本なら「絵本」など、本だなはバラバラだ。かたづけをつづけて
いたシオリンが、むずかしいタイトルの本を手にアポロに話しかけている。

アポロさん、この本、たしか前に読まれておりましたよね？

ああ～それは、冬くらいに読んだ本ですね。とてもいい本ですよ。
星座について書かれている章がすばらしかった。

星座でございますか！　おもしろそうですね。
あ、もどす場所は……。

もどす場所はあそこですね。**シオリンさんは星がお好きなんですか？
でしたら、こんどおすすめしたい本がいっぱいあります！**

ルドジ【スパイ】

わっ！　だれだ!?　ど、ドロボー!?

なんと、「ひみつきち」のように本がつまれた場所に、人がかくれていた。

ま、待ってください！　ぼくはドロボーじゃありません！
スパイなんです、ドロボーといっしょにしないでください！

どっちもどっちだろう！　何かたくらんでしのびこんだのだな？

ちがうんです！　**ぼくは依頼を受けて、きちょうな流れ星の
写真集をかりようとしただけなんです。**

まぁ！　つまりそれはドロボーじゃございませんの？

すぐに返すつもりでしたよ！
でも、夜中にしのびこんだら、本の山があちこちにあるし、
先に白目をむいてたおれているゾロリさんはいるし……。

ルドジが言うには、午前0時ごろにしのびこんだ時点で、つまれた本もゾロリも
そんざいしていたという。

それで、お目当ての本が見つからず、「ひみつきち」を
つくってかくれていたのだな。**どうりで、ここだけ本が
いいかげんにつまれていたわけだ。**

ゆるせねぇべ！　オラ1000人待ってようやく順番が来たってのに。

待ってください！　ゾロリさんはぼくより先にいたんですよ？

わかってねぇべ。ゾロリさんはいつもあんな感じだべ！
見てみれ、どうどうとしたもんだべ！

たしかに……って、あやしいでしょうが〜!!

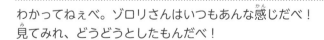
推理Ｑに進む ▶▶

ミッケルの推理

きらめくスターのようなダンスで
ミッケルの頭脳はフル回転するのだ!

ナゾ 1 ▶▶ なぜ本はきれいにつまれていたのか

犯人がもし**ドロボーだとしたら、わざわざたくさんの本を「きれいに
つみあげる」はずがない。**ルドジがつみあげた本はざつだった。
きれいにつまれているのにもきっと意味があるはずだ!

宇宙にかかわる本ばかり ◀◀ ナゾ 2

図書館には 10万さつもあるのに、つまれていたのは、なぜか
宇宙にかかわる本ばかり。**宇宙にくわしい学者・アポロさんが**
いたからよかったものの、シオリンさんだけだったら、
本をもどすのに、かなりの時間がかかっていただろう。

ナゾ 3 ▶▶ 休館の立てかんばん

入口に出されている、りっぱな立てかんばん。重たそうで、
はこぶのにくろうしそうだ。**ふだんは地下倉庫にしまわれている**
そうだが……なんだか違和感をおぼえるぞ。

白目でたおれているゾロリ ◀◀ ナゾ 4

ルドジの証言から推理すると、**ゾロリはひとばんじゅう図書館に
いたことになる。**なんのために?　ルドジのように、きちょうな
本をねらってしのびこんだ?

『事件の真実はこのミッケルがかならずミツケル!!』

オ・レッ!!

読者への挑戦状

なぜ大量の本が
あちこちにきれいにつまれていたのか？
しかもなぜ
「宇宙」にかかわる本ばかりなのか？
キミの名推理を期待する

解決編で真実にせまる

解決編

真実をミツケルことができた！
この巨大な図書館にあるどの推理小説にもまけない
名探偵による名推理をひろうしよう！

シオリンとアポロのふたりが、すべての本を整理しおわったところで、
ミッケルはみんなを集め、高らかに宣言した。

けっきょく……これはドロボーのしわざ
だったのでございましょうか？

その前に、ふたりがかりで本をもどすのに
どれくらいの時間がかかったのかね？

ざっと２時間くらいでしょうか。それが？

フム。これだけ大量の本を、わざわざ宇宙にかかわるものだけを
選んで、さらにきれいにつみながらあちこちにおくとしたら……
もどす以上に時間がかかるだろう。さて、ルドジ。
ドロボーとしてどう思うかね？

いやいや、だからぼくはただのスパイですよ！……まぁ、
現場に２時間もいるドロボーはまずいないでしょうね。
だれかに見つかるリスクが高いです。

ルドジにかぎらず、そこにいた全員がミッケルの推理を聞いて、
ドロボーのしわざではないと感じていた。

……では、だれのしわざなんでございましょうか？

フフフ。かんたんじゃないか。犯人はこのなかにいる。

え！　こ、このなかに!?

学者のアポロが、かけていたメガネがずり落ちるほど、大きな
リアクションでおどろいた。そのようすを見たルドジが、とつぜん
おでこにゆびを当て、探偵のようなしぐさで語りだした。

そのおどろき方、じつにあやしいですね……。フフフ。
犯人がわかりました。もしかしたら、ぼくはただの
スパイより名探偵のほうが、あっているのかもしれない。

そしてルドジは探偵っぽいしぐさで、ある人物を指さした。

犯人は『アポロ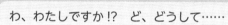』です！

わ、わたしですか!?　ど、どうして……

へへへ。この名探偵ルドジにかくしごとは通用しませんよ？
いいですか？　つまれていた本はほとんどが宇宙にかかわる本。
そして、あなたは宇宙の研究をしている！　つまり、宇宙に
くわしいあなたしか本をえらべないんですよ！

「決まった」とばかりに自分によいしれているルドジ。
だが、図書館はいつも以上にしずまりかえっていた。

ほぇ～。そんな結末の推理小説、
つまんなすぎてだれも読まねぇべ！

……え？　つまらない？　ぼくの完ぺきな推理が？

だいたいなんのためにそんなことしたの？

図書館スタッフでもないアポロさんが、
いつ犯行におよんだんでございましょう？

わわわっ！　いっぺんに聞かないでください！
ぼくは……ただのスパイなんだから！

あれま！　さっきまで名探偵きどりだったのに。
つごうのいい人だべ！

みんな、オレが早く犯人を言わないせいで、ムダな時間を
すごさせてしまい、悪かった。では、あらためて……。

名探偵のミッケル。犯人を指さすポーズもさまになっていた。

犯人は『ブックル』だ！

……か、館長がでございますか？　まさか！

犯人とよばれたブックル。とくに表情を変えず、落ちついたようすで、
いすにすわったままだ。

しかし、探偵さん。館長は立てないほど
こしが悪いんですよ？

フム。とうぜんだろう。**あれだけ大量の本を
ひとりではこんだら、こしもいたくなるさ。**

館長がはこんだ？　ひとりで？

うたがわれている身として、いろいろ質問させて
もらおうかねぇ。推理小説みたいなこんな経験、
なかなかできるもんじゃないからねぇ。

フッ。望むところだ。

ブックルもミッケルも、笑みをうかべていた。まるで、推理小説の
クライマックスをむかえた犯人と名探偵のようだ。

ではまず、ワシがいつ本をつんだというんだい？

フム。ルドジがしのびこんだ午前0時の時点で、
あちこちに本はつまれていた。いっぽう、閉館時は？

はい、何事もございませんでした。

つまり、ゾロリが何時にしんにゅうしたかは
わからないが、**本がつまれたのは、
閉館後からゾロリがしのびこむまでのあいだだ。**

ほほう。それだと、ゾロリくんの犯行の
可能性もあるんじゃないかねぇ。

フフフ。それは不可能なのさ。
まず、**ゾロリには宇宙にかかわる本だけをぬきとる知識は
ない。**万が一、ゾロリが宇宙にくわしかったとしても、
**大量の本を、あんなにもていねいにならべなんかしない。
あれは本をたいせつにあつかっている人物のやり方さ。**

そのとき、シオリンがミッケルの推理に待ったをかけた。

お、お待ちください。たしかに館長は日ごろから
"本はていねいにあつかいなさい"とおっしゃって
ございました。けれども、本をていねいにつむのは、
やろうと思えばだれでもできるはずです。

ともに図書館で仕事をしてきた、そんけいする館長のしわざとは、
どうしても思えないシオリン。だが、ミッケルは決定的な証拠をしめした。

ざんねんだが、もうひとつの証拠がブックルが犯人であることを
物語っているのさ。そう……**あの立てかんばんがね！**

立てかんばんが？　どういうことです？

シオリンさん、今朝ブックルに事件をほうこくしたあと、
立てかんばんが出されたと言っていたね？

ええ……おっしゃるとおりでございます。

わたしが開館前に待っていたときには
ありませんでしたから。

とうぜん、アンタは急いでいたわけだ。ブックル。

そりゃ、利用者が入ってきたら、
パニックになってしまうからねぇ。

立てかんばんは館内の地下倉庫にしまわれていた。
今朝、ブックルがそれをはこぶすがたを
シオリンさん、アポロさん、見ただろうか？

……いえ、見てございません。

そういえば、わたしも……。

フム。開館時間までほとんど時間がないなか、地下倉庫から
重い立てかんばんを入口までひとりではこんだ。
よく間にあったと思わないか？　しかも、館内にいるふたりに
そのすがたをいっさい、見られることなく。

…………。

フフフ。立てかんばんは、**今朝ではなく、昨日の時点で
入口近くにはこばれていたのさ**。なぜなら、ブックル、
アンタだけが今日臨時休館になることを知っていたからだ。

ミッケルの推理が決まると、ブックルは満足そうに笑みをうかべた。

いや〜まいったねぇ。推理小説でおいつめられる犯人は
こういう気持ちなんだねぇ。そのとおりだよ、ミッケルくん。
ワシがぜんぶやったんだ。

そんな、館長‼　どうしてこんなことを
したのでございますか！

ブックルのナゾめいた行動に、シオリンだけでなく、みんなが理由を
聞かずにはいられなかった。だが、ブックルはそれには答えず、
感謝の言葉をのべた。

シオリンくん、そしてアポロくん。めいわくをかけたねぇ。
すべての本をもどしてくれてありがとうねぇ。

それが館長……本が１さつだけ見当たらないんです。

あれま！　なんの本がないんだべか？

流れ星の写真集でございます。

おやおや、ホントにドロボーがいたってこと!?

図書館でもっともきちょうな本が見つからない。
犯人のブックルさえもおどろいている。

ふたりで全部見たんだよねぇ？
いったいどこに……。

…………あっ‼　１か所だけ見おとして
ございました！　あそこでございます！

そこは……ゾロリがいる場所。まさか。

なんとゾロリの頭の下にそれはあった。そして、あわててシオリンが
ぬきとろうとすると……。

42

イテテ！　だれだ？　気持ちよく寝ていたのに〜〜。

ったく！　きちょうな本をマクラがわりに
しやがってー！

え？　これそんなにレアな本なの？
どうりで寝ごこちがいいわけだ。

暑い日がつづいて、寝苦しい夜をすごしていたゾロリ。
図書館ならすずしいにちがいないと、日がしずんだあとにしのびこみ、
クーラーのきいた館内で、白目をむくほどぐっすりとねむっていた。
ねむることも天才級のゾロリ。事件のさわぎにもまったく
気づかなかったようだ。

あれ？　なんか顔にくっついてる。おれさまレベルに
なると、本にまで好かれちゃうんだぜ。じゃあな！

しれっと本を持っていくな〜！　返せ〜！

こうして事件は解決した。しかし、ブックルの口から犯行の動機について語られることはなく、そのまま館長を引退した。その1年後……。

あのあと、シオリンさんとアポロさんは、本物の流れ星を見にいったらしいよ。

ム？　たしかふたりとも、あの日にはじめて話をしたと言っていたな。

でさ、ミッケル、これ見てよ。

ム。写真？　これは、シオリンさんとアポロさんの結婚式の!?

もともとおたがいのことを気になってたけど、あの事件まで、ずっと話すチャンスがなかったそうだべ。

ムムム。まさか……館長が宇宙の本ばかりならべたのは、ふたりをくっつけるため!?

ブックルさんは、キューピッドだべか！　ゾロリさんも！

なんで、アイツが牧師をやっているんだ〜!!

ホシだけが知ってい　解決
図書館事件

44

サンキュー
高級バーベキュー事件

ここはしずかな森の中にあるキャンプ場。
バーベキュー道具のかしだしもされていて、日帰り
でバーベキューを楽しみに来る客も多いようだ。

「あら？　ないわね。どうしてかしら？」

上品なふんいきの女性が、こまったようすであたり
を見まわしている。どうやらコンロや炭など、
バーベキューに必要な設備が見つからないようだ。

「おかしいな。少し前、もう1組のお客さんを
バーベキュー場にあんないしたときには、
ここにあったんですけどね」

キャンプ場の管理人は、必要な道具はちゃんと
セッティングしたと、女性に伝えている。
少しのあいだに、すべてが消えてしまったようだ。

「もう1組のお客さんは……どこにいったのかな。
ええと、ゾロリさんという名前だったな」

バーベキュー場にただよいはじめたのは、
肉が焼けるにおいではなく、事件のにおいだった。

キャンプの達人。テント前にはグッズがズラリ。

事件現場となりのゾロリのコンロ。食材は野菜ばかり。

一か所だけコンロや炭が消えていた。

子ども会でバーベキューにやってきた。

子どもたちがもちよった高級食材。ひとつだけごはん。

事件の関係者たち

マニイ
【お金もちの女性】
セレブ仲間からたのまれて、子ども会の見守り役としてバーベキューに参加した。

ビルカ
【お金もちの女の子】
事件の第一発見者。マンマーとは近所のおさななじみで、よく世話を焼いている。

マンマー
【お金もちの男の子】
ビルカとはおさななじみで仲良し。こまかいことは気にしない性格。

オテント
【キャンプの達人】
いろんな場所でキャンプを楽しむスペシャリスト。グッズもたくさん持っている。自分のテントをたてるのがこだわり。

ゴーカイのていあんでバーベキューを楽しみにきたミッケルたち。
キャンプ場についたと同時に、事件にまきこまれてしまった。

わおっ！　あそこ見てよ！
高級な食材がいっぱいならんでるよ〜〜！

お肉にこうふんしてる場合じゃないべ。事件だっぺよ。

ミッケルたちは、コンロなどのバーベキュー道具が消えてしまったという
事件現場を見つめた。そこには、ぶあついステーキ肉や、大きなエビなど、
ひと目で高級とわかる食材がずらりと用意されていた。

これはすごい。どうやらかなりの
お金もちがお集まりのようだな。

見守り役のおとながひとり。あとはみんな
子ども。**セレブがたくさん住む地域の
子ども会でバーベキューに来たようだよ。**

キャンプ場には予備の道具はない。このままでは子どもたちは
お肉を焼くことなく帰らなければならないようだ。

事件を解決して、おれいにステーキ肉をわけてもらおう!!
……というのはじょうだん（ちょっとホンキ）。

かんじんのゾロリさんはどこに行ったべか？

セレブなキッズたちのとなりのスペースをレンタルしていたゾロリ。
だが、そのすがたはどこにもない。火のついていないコンロのアミの
上には、野菜ばかりがのせられていた。

コンロのゆくえも、アイツのねらいも、
このミッケルがあばいてみせる！

発見した手がかり

名探偵ミッケルとともに事件の手がかりを見ていこう。きっと、解決のヒントがあるはずだ！

手がかり 1　バーベキューコンロ

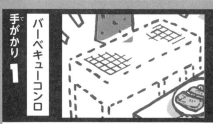

🐵 けっこう大きいから、ひとりでははこべなそうだし、はこんだら目立つよね。

🐰 なんでコンロをぬすむんだ。お金もちへのいやがらせか？？

手がかり 2　子どもたちが持ちよった食材

🐹 ほぇ～高級なものばかりだべ！　セレブのバーベキューはすげぇな。

🐰 ムムム⁉　ひとりだけたきたてごはんを持ってきた子どもがいるようだぞ？

手がかり 3　アウトドアの達人

🐵 コンロの横に寝ぶくろとかリュックとか、アイテムがたくさんおいてあるね。

🐰 テントまではってるのか。そうとうキャンプになれているように見える。

手がかり 4　はなれた場所に水くみ場

🐹 バーベキュー場からずいぶんとはなれた場所にあるべさ。

🐰 フム。歩いて往復15分ぐらいはかかりそうだ。

手がかり 5　ゾロリのコンロ

🐵 食材は野菜だけ……ずいぶんヘルシーなバーベキューだね。

🐰 コンロには火もついていない。肉を用意しわすれたのか？

聞きこみ に進む ▶▶

聞きこみ

このなかに、あやしい人物がいないか？
よーく話を聞いてみよう。

関係者①

マニイ【お金もちの女性】

こまったわ。あの子たちのパパやママから見守り役を
たのまれて来たのに。これじゃバーベキューできませんわ。

子どもたちといっしょにキャンプ場に来たの？

今日は現地集合だったの。
わたしより先についていた子が、ふたりいましたわ。

子ども会の見守り役としてバーベキュー場にやってきたマニイ。
バーベキュー道具だけが消えるという意味のわからない事件に、オロオロしている。

ム？　そのふたりとは？

**ひとりはビルカちゃん、とってもしっかりしてて、
責任感の強い女の子。もうひとりは、ビルカちゃんの
おさななじみのマンマーくん。**マンマーくんは初参加ですわ。

フム。少なくとも、アナタがついた時点ですでに、
コンロはなかった、というわけか。

でも、キャンプ場の管理人さんはまちがいなく
コンロをセットしたと言ってるべ。

もし見つからなかったらどうするの？

ざんねんですけど、中止するしかありませんわ。みんなの食材は、
そのまま持って帰ってもらうとして……。**マンマーくんが持って
きてくれた、たきたてごはんだけは食べてしまおうかしら。**

ムムム。セレブバーベキューになぜ、たきたてごはんを？
ステーキ肉やら伊勢エビやらアワビやら、すんごい
食材オンリーの会なのでは？

あはは。自由ですよ。べつに何を持ってきても問題ないですわ。

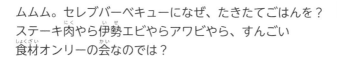

49

ビルカ【お金もち女の子】

わたしがマンマーとバーベキュー場に
とうちゃくしたときには、もう何もありませんでした。

では、キミたちふたりが第一発見者ということかな？

いえ。マンマーには、キャンプ場についてすぐ、水くみを
おねがいしたので、**さいしょに発見したのはわたしです。** とても
びっくりして。マンマーがもどって来るのを待っていました。

マンマーくんがもどって来たのは何分後かな？

15分ぐらいはかかったと思います。

ほぇ〜水道の場所とおすぎるべ。こっから見えねぇもんな。

このままだとバーベキュー、中止になっちゃいそうだね。

マンマーを待っているあいだ、となりの**キャンプにくわしい
おじさんに、コンロなしでバーベキューができるか聞いて
みたんです。**「ざんねんだけど、それは無理だね」と言われて、
あきらめがつきました。

ム？　あの達人みたいな人にそうだんしていたのか。

はい。バーベキューはもうあきらめて、みんなで楽しく遊んで、
みんなでおなじおべんとうを買って食べるのがいいと思います。

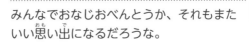

みんなでおなじおべんとうか、それもまた
いい思い出になるだろうな。

関係者 ③

マンマー【お金もちの男の子】

コンロかくしたのだれだよ〜!!　**せっかくごちそうが食べられると思って来たのにさ!!**

ん?　セレブだったら、ああいう食材はふつうなんでねえのか?

まぁ、家庭にはいろんな事情があるってことさ!
というわけで、**オレが持ってきたのはごはんだけ!**　へへへ。

そうなんだ……みんな高級食材持ってきてるのに、
ごはんだけって……気まずくない?

そうかな?　すぐにマニイさんにあずけたし、オレのって
わかんないんじゃないかな。へへへ。あ、でもビルカだけは知ってるか。
そういやあいつ、オレのごはん見て、なんか青ざめてたな。

関係者 ④

オテント【キャンプの達人】

消えたバーベキューコンロのゆくえですか?
ああ、あの女の子にも聞かれましたが、ぼくは火の調節に
集中してたんでね……。

ム?　寝ぶくろが外に出ているが?

あ、ああ、それね。**今日は外で星空でも見ながら寝ようと
思ってね。テントから出してるんだよ 。**

コーヒーの入ったマグカップを片手に、たき火をいじりながら聞きこみに応じた
オテント。オテントはだれよりも早くこのキャンプ場に来ていたという。
ゾロリのとくちょうを伝えると、だいぶ前に見かけたと語った。

なんか、**ふたごっぽいイノシシといっしょに、森へ消えていったな。**
コンロははこんでなかったけど、「ごうかなバーベキューのために
がんばるぞー」とか言って、意気ごんでいたなぁ。

ムムム。アイツめ……森の中に何をしにいったのだ?

ミッケルの推理 🔍

回転しながら焼かれる肉のような
ダンスでミッケルの頭脳はフル回転
するのだ!!

ナゾ1 ▶▶ コンロはどこへ消えた？

高級食材がぬすまれたのであれば、犯人の動機はわかりやすい
事件だ。だが、なくなったのはバーベキューコンロ。
犯人の目的とはいったい？

だれがコンロをはこんだのか？ ◀◀ ナゾ2

ゾロリがキャンプ場をおとずれた時点では、子どもたち用の
コンロはあった。その後、だれかが持っていったと考えられる。
ひとりでははこべない大きさのコンロをいったいどこに？

ナゾ3 ▶▶ テントの外に出された寝ぶくろ

キャンプの達人のテントの外には寝ぶくろ。
**夜に星空を見るそうだが、今は午前中で日がくれるのは
まだまだ先……**。ほかに理由があるのか？

肉のないゾロリたちのコンロ ◀◀ ナゾ4

火のついていない**コンロにあるのは野菜だけ**。
森に消えたというゾロリはいったい何をしているのか？
そして事件とのつながりは？

『事件の真実はこのミッケルがかならずミツケル!!』

オ・レッ!!

読者への挑戦状

コンロはだれがはこび
どこへ消えたのか？
「事件現場」や「手がかり」をよーく見れば
糸がほどけるように
その真相が見えてくるはずだ
キミの名推理を期待する

解決編で真実にせまる

解決編

**高級なお肉を焼くがごとく、推理には時間を
かけない。それがミッケルのモットーさ！**

子どもたちも、カルタたちも、みんなまだ何も食べていない。
早く事件を解決してもらってすぐにバーベキューをしたい。
そんなまなざしで、名探偵の推理を見守っている。そう、真犯人以外は。

今回の事件で重要なのは、言うまでもなく
「コンロがなぜ消えたのか？」ということだ。

ぜんぜん目的がわかりませんわ。

ふつう、ぬすむんならあのゴージャスな食材でしょ。

フッ。こうは考えられないだろうか。「コンロが
なくなれば、バーベキューをしなくてすむ」と。

ん……？ それはつまり、バーベキューを
望まない人物がいたということかい？

そういうことだ。そして事件は、ビルカちゃんとマンマーくんの
ふたりがここにとうちゃくしたときに発覚した。

ふたりが犯人ともとれるミッケルの発言で、子どもたちのあいだに不安が広がっていった。ましてや、マンマーは今回が初参加。
彼にうたがいの目がむけられはじめる。

オ、オレじゃないって！　なんだったらバーベキューを一番楽しみにしてるくらいなんだから！　なあ、ビルカ。

そうよ。名探偵さん、質問があります。

ム？　なんだろうか、ビルカちゃん。

わたし、キャンプ場へはマンマーときました。でも、マンマーにはお水をくんでくるようにおねがいして、コンロがあるバーベキュー場へはわたしのほうが先についたんです。

ウンウン。マンマーくんもビルカちゃんからおねがいされたと、言っていたね。

その時点で、コンロはなかったんですよ？　**あとから来たマンマーが、コンロをはこぶことはできません。**

理路整然とした言葉でマンマーの犯行ではないと主張するビルカ。ミッケルはそんな彼女に思いもよらない言葉をかけた。

フフフ。キミの言うとおりだよ、ビルカちゃん。マンマーくんはコンロをはこぶどころか、見てもいない。

でしたら、このなかに犯人はいないということですわね。

それはちがうね！　コンロをかくした犯人はこのなかにいる！

先の読めないミッケルの推理に、みんなおなかがすいていることも忘れて、その人物の名前を待った。

それは……『ビルカ』さ！

まっ、まさか！　こんなにしっかり者で、気くばりもできるビルカちゃんが犯人のわけないですわ。

フッ。事件に思いこみは禁物ですよ。マニイさん。

……探偵くん。なぜ彼女なのか理由はちゃんとせつめいできるんだろうな。

フム。かんたんなことさ。彼女がとうちゃくする前、管理人がゾロリをあんないするタイミングで、コンロは目げきされている。そして、マンマーくんが水くみからもどったらすでに消えていた 。

待って。だから、彼女がやったというの？たんじゅんすぎない？

おいおい ……ミッケル。さすがにこの子ひとりでコンロははこべないよ？

「手がかり」にもあったとおり、コンロは大きくて、とうてい子どもひとりでははこべないだろう。そしてそれとはべつの大きな問題もある。

それによ、もし、はこべたとしてもどこにかくしたんだ？
少ししたらマンマーさんが水くみからもどってきちゃうわ
けだっぺ？ そんなとおくには行けねぇべさ。

フム。では、ひとつずつ、解決していこう。
まずは「ひとりではこべない問題」。もちろん、
彼女だけでは無理だろう。しかし、協力者がいたらどうか？

協力者ですって!?

本人に聞いたほうが早いだろう。協力者の……。

ミッケルの発言にみんながひっくり返りそうになった。
なかがすいていたからではない。ぐうぜんとなりにいただけの人物が
「協力者」だという事実をのみこめずにいたからだ。

え、ええと……なんでこのおじさんがビルカと
いっしょにコンロをはこぶんだ？ 意味わかんないよ！

探偵さん、この子たちだけでなく無関係の人まで
まきこんで、事件解決できなかったら、取りかえし
つかないことになってしまうわよ？

フッ。安心してくれたまえ。**決定的な証拠があるからね！**

消えたコンロは、ビルカとオテントのふたりではこんだと言いきるミッケル。
いったいどこへ？ なんのために？
そして、ミッケルがにぎっている証拠とは？

証拠は……あれさ！

ね、寝ぶくろ？

オテント氏は夜に星空を見ながらねむるために、寝ぶくろを
外に出していると言っていた。だとしても、午前中から
用意する必要はない。そして、**寝ぶくろ以外にもテントの前に
やたらと荷物を出していた。いや、出していたのではない。
中に入れることができなかったのさ。**

ミッケルの言葉を聞いて、ゴーカイはテントに近より、
入口をめくってみた。

あれま！あんな
ところにコンロが！

動かぬ証拠だよ。マンマーくんが水くみから
帰ってくるまでの時間でじゅうぶんかくせるだろう。

ど、どうして、ビルカちゃんとオテントさんが？

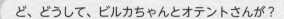

キャンプ場に来る前までは見ず知らずの関係だったビルカとオテント。
いったいなぜオテントは協力者となったのか？

……そもそも犯人はビルカちゃんではなく、ぼくだよ。
子どもたちが、おとなも食べられないような
高級バーベキューをするのが、気に食わなかったのさ。

な、なんて悪いおとななんだ‼
うおおお！　ゆるさないぞ〜‼

ゴーカイさん、ケンカはダメだっぺ‼

って、おなかがへって力が出ない〜。バタリ。

オテント……アンタ、なかなか役者だな。
でも、悪役はむいてないぞ。

ゴーカイとカルタのドタバタを横目に、ミッケルはオテントが
罪をかぶろうとしていると語った。

……ご、ごめんなさい‼　**オテントさんは、わたしの
「コンロをはこんでほしい」というおねがいを聞いて
くれただけなんです。**悪いのはわたしです！

ビルカちゃん！　ぼくのせいに
しておけばいいんだよ。

いったいどうして？　ビルカちゃん？
なぜバーベキューを中止させたかったの？

う、ううっ……。

これは彼女のやさしい心や気くばりから
おきてしまった事件だ。オレがせつめいしよう。

ビルカは何かをかくしている。それはどうやら子どもたちの前では
言いたくないことのようだ。しかし、真実がそこにあるかぎり、
名探偵として見逃すわけにはいかなかった。

彼女がコンロをかくした理由……
それは、マンマーくんが持ってきた「ごはん」だ。

ごはん？　今日持ちよった
バーベキュー用の？

セレブな子どもたちのバーベキューだ。
みんなが高級な食材を持ってくることは
かんたんに想像できるだろう？

でもそれがなんで、ビルカがコンロを
かくすことになるんだ？

ビルカちゃんが、マンマーくんの持ってきたごはんを見て、
青ざめたというのを聞いてピンときたのさ。**高級食材**
だらけのなか、ひとりだけ「ごはん」を持ってきたら、
ほかの子どもたちはどう思うかな……？

持ってきた子ははずかしい思いをする
かもしれない。もしかしたらなかまはずれに
されてしまうかもしれない。

バーベキューを中止したら、その子が傷つかずに
すむと思ったってことだべか？

……ううっ。**ごはんしか持ってこれなかったってことは、おうちで何かあったんじゃないかって……なかまはずれだけじゃなくて、しんぱいしちゃう子もいるかなって……。**

「ごはんだけを持ってきたのには、言いにくい家庭の事情があるのでは」と、おさななじみのマンマーを、さらにほかの子らの気持ちもしんぱいした結果の犯行だった。

たしかによ、家でいろいろあったって言ってたべな？

ああ、あれは、ママとケンカしてさ。ごはんはオレが食べたくて持ってきたんだよ！これ、じいちゃんがつくったおいしいお米なんだぜ？

な、なんだ～。そうだったの……。わたしったらてっきり。ほ、本当にごめんなさい。ううっ。

やったことはまちがってたけど、いろんな人のことを気づかったビルカちゃんの思いはまちがってないわよ。

ぼくも同感だ。だから、キミのおねがいをことわらなかったんだよ。アウトドアといっしょで、しっぱいから学んでいけばいいんだ。さあ、バーベキューをはじめようじゃないか！

いただきまーす！　うんまーい！やっぱ肉には米だな！

アウトドアの達人・オテントがくわわったバーベキューはおおいに
もりあがった。そして、「お肉にはごはんだよね！」と、
ごはんだけを持ちこんだマンマーはなかまはずれになるどころか、
人気者になっていた。
ぎゃくに、みんなが持ってきたのはほとんどがお肉で、あまってしまった。

どうしましょう……まだまだ、
お肉たくさんあるのに……。

こまってるなら……おれさまがもらってもいいぜ!!

ム。その声は……！

しょうがないな〜、お肉とおれさまの
野菜＆きのこをトレードしてあげよう！

バーベキューに来たものの、お金がなくて肉が買えなかったゾロリ。
キャンプ場近くの畑でゆずってもらった野菜と、森の中でとって
きたきのこだらけのバーベキューをはじめようとしたところ、
おとなりからおいしそうなお肉の焼けるにおいがしてきた。ゾロリの
野菜&きのこと肉のトレード、成立しないように思われたが……。

「わー！ トウモロコシある！」
「あたし、ピーマン大好きなんだよね」
「このきのこ、いいかおりでおいしそ〜」

よーし！ こうしょう成立だ。
ありがたく食えよ〜。

まさかの大人気〜〜 !!

63

こうして事件は、解決した。その後、子ども会のバーベキューでは、マンマーのごはんが一番人気になっているのだとか。

高級じゃなくてもうまいもんは世の中に
いっぱいあるっぺよ！　なかまと食べれば
なんでもうまいし、楽しいべ！

そういえば、ゾロリの野菜ときのこもあのキャンプ場で
大こうひょうらしくて、大もうけしているらしいよ？

ムムム。もらいものの野菜と、森にはえているきのこ。
タダで仕入れたものを売りつけるとは……。

オラもよ、ここに来るとちゅう、めずらしいきのこを
見つけたんだ。ほれ、食べるか？

ぴ、ピンク色のきのこ!?　ミッケル、どうぞ！

い、いや……焼くコンロが
見当たらないようだ……ざんねん。

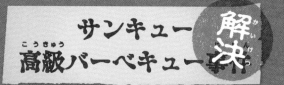

サンキュー
高級バーベキュー事件　解決

#04 やみにのまれし フルーツサンド事件

メロンの果肉たっぷりで話題のフルーツサンドを
もとめて、長い行列ができている。
開店時間めがけてダッシュで人が集まること
から、いつの間にかSNSでは『はしれメロン』と
よばれるようになった。

行列の先頭のほうには、三つ子をつれた母親が
ならんでいる。その母親が、すぐうしろにならぶ
少女に話しかけた。

「おじょうちゃんも『はしれメロン』を買いに
きたの?」
「は、はい。今日がおじいちゃんの誕生日だから、
ふたりで食べようと思って、とおくから来たの」

そんななか、悲劇はおきた。その母親の前にいた
セレブがフルーツサンドを大量に購入したのだ。
なんと、のこった『はしれメロン』は
わずか3つ……店内の照明がバーンと消えた。

「うわっ! まっくらだ〜!」

3分後にあかりがつくと事件がおきていた。

65

事件現場

店の前にあやしげな屋台。あやしげな男のすがたも？

店の外まで行列。ウワサを聞いてとおくから来たお客も。

停電後に『はしれメロン』が1コ消えた。その分の代金がおかれている。

果肉をぜいたくに使った『はしれメロン』。すぐに売りきれてしまう。

カバリス夫人が大量購入。その数、なんと50コ。

店内はお客でいっぱい。おいしいお水のサービスがある。

事件の関係者たち

ビスケ
【店主】
小さなサンドイッチ店『ヘンデスとグレテル』の店長。果肉たっぷりのフルーツサンド『はしれメロン』が大ブーム。

カバリス夫人
【大金もち】
ほしいものはなんでも手に入れてきたセレブ。『はしれメロン』を大量購入して大満足。

ガーモ
【近所にすむ三つ子のママ】
小さな三つ子を持つ元気なママ。『ヘンデスとグレテル』はふだんのおさんぽコース。三つ子への教育方針は「いつも平等」。

ハールバル
【とおくから来た少女】
大好きなおじいちゃんの誕生日に、『はしれメロン』をふたりで食べようと、とおくのまちからやってきた女の子。

ゴーカイさん、甘いものが好きだからって、
ついに一線をこえちまうなんて……。
ちゃんと罪をつぐなうべ。刑務所に面会に行くからよ。

こらこらこら〜!! 犯人はボクじゃな〜い!!

じつは行列には、スイーツが大好きなゴーカイもならんでいた。
そして、事件が発生。ゴーカイからきんきゅう連絡を受けたミッケルたちが
現場にかけつけたのだった。
あらためて、当時の状況を確認することに。

お店の中でならんでたら、**カバリス夫人が50コも
いっきに買ってさ。『はしれメロン』**がのこり3つに
なっちゃって、みんな大あわてになったんだ。

んでよ、**その直後、店がまっくらになったんだべ?**
で、あかりがついたら、はしれメロンが1コ消えて、
その分の代金がおいてあった、と。

フム。つまり、ついついとってしまったけど、
お金ははらったのだから、まぁ、お店からの厳重注意で
すむかもしれないぞ? よかったな、ゴーカイ。

だ〜か〜ら〜! とったのも
代金をおいたのもボクじゃないって〜!

店内がくらくなっていたのはおよそ3分間。そして、さわぎがおきると
会計をすませていたカバリス夫人が「ゴーカイがあやしい」と
言いだしたという。

なんでまた、ゴーカイさんがうたがわれたべか？

ならんでいるときに、ボクのおなかがグーグー
うるさかったからかな……停電でびっくりしたせいか、
電気がついたときにはおさまっててさ。
それであやしいって言われて。

フッ。安心してくれゴーカイ。友をピンチから
救ってみせるさ！　名作『走れメロス』のようにね。

ん で、もしも、救うことができなかったら、
ミッケルさんとはしれメロンを刑務所まで
さしいれに行くべさ！

ちょっと！　おおげさでしょ！
ミッケル、かならず真実を見つけてよね。
はしれメロン、はんぶんあげるからさ。

1コじゃねぇのか……。

発見した手がかり

名探偵ミッケルとともに事件の手がかりを見ていこう。きっと、解決のヒントがあるはずだ！

手がかり1 『はしれメロン』

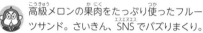
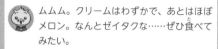

🐵 高級メロンの果肉をたっぷり使ったフルーツサンド。さいきん、SNSでバズりまくり。

🐶 ムムム。クリームはわずかで、あとはほぼメロン。なんとゼイタクな……ぜひ食べてみたい。

手がかり2 すずしい店内

🐼 店内もショーケースもひんやり。エアコンフル回転で、電気代もすごそうだべ。

🐶 店内は人も多いし、フルーツサンドは生ものので温度が高いといたんでしまうからな。

手がかり3 お水のサービス

🐵 材料にも使われている、こだわりの天然水を無料サービス。気がきいてるね。

🐶 ム？ わずかに甘みも感じる。水にもこだわっているとは、さすがだな。

手がかり4 消えたスイーツとおかれた代金

🐼 店内がまっくらだった3分のあいだにスイーツは消え、お金がおかれていたべ。

🐶 ムムム。ドロボーだったらお金はおいていかないだろう。それになぜ1コだけなのだ？

手がかり5 3番目にならんでいたゴーカイ

🐵 まだたくさんがあったから、今日は買えると思ったのにな……。

🐶 この順番でのこり3コだと、おそらくゴーカイの前で売りきれただろうな。

手がかり6 あやしげな屋台

🐼 店の外に屋台があるべ。『はしれメロン』のかわりに、ここで買ってみるべか。

🐶 ムムム。なんだかあやしい屋台だ。屋台からなぞのコードが、店の中までのびてる？

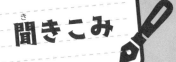

このなかに、あやしい人物がいないか？
よーく話を聞いてみよう。

関係者①

ビスケ【店主】

もうしわけございません。わたしひとりでつくっているもの
ですから、『はしれメロン』は、たくさん用意できないんです。
あのう……お客さま。代金はいただいていますし、
当店としては、警察をよぶつもりもありませんので……。

ちょっとちょっと～！　ボクじゃないってば～～!!

さわぎが大きくなり、ビスケはとまどいをかくせないようすだ。

んでよ、店の中がまっくらになったげんいんはなんだったべか？

ええ……じつは**ブレーカーが落ちまして**。エアコンとか
ショーケースとか、けっこう電気を使っているとはいえ、
はじめての出来事でびっくりしてます。

一度に電気を使いすぎると、ブレーカーという装置が動いて、電気の流れが
ストップする。電気の使いすぎや、火事などをふせぐためだ。

ム？　はじめて？　ということは、今まではギリギリの
じょうたいでも停電にはならなかった。
ほかに何かたくさん電気を使ったのでは？

 いえ。いつもどおりでした。

フム。停電中に何か変わったことはなかっただろうか？

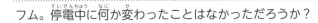

あ、そういえば、**どなたかがセキをしておりました。**

だれかがカゼをひいてたっぺか？

 カゼというよりも、何かでむせたような感じでした。

カバリス夫人 [大金もち]

大量買いして何が悪いのかしら？　ダメならルールにしておくべきよ。そんなことよりアンタは早く警察に自首しなさい。

だ～か～ら～、ボクは無実だってば～。

今日も目がいたくなるほどギラギラした宝石を全身にまとっているカバリス夫人。ゴーカイをあやしむ理由についてたずねた。

停電のあと、グーグーうるさかったおなかの音が止まったからよ。フルーツサンドを食べたからでしょ？　あとは、その顔ね。わたくしって日ごろから、宝石のニセモノと本物を見分けてるじゃない？　だから見る目あるのよね。

ほぇ～さすが、せっとく力がちがうべな～（チラッ）。

何その「ますますアヤシイべ……」みたいな目は！

フム。夫人、ほかに気になったことはなかっただろうか？

あ、そうだわ！　**お店で出してたあのお水、売ってないかしら？まろやかでおいしかったわ。**5000本くらいほしいんだけど。

あれま！　セレブはスケールがちがうべ～。

カバリス夫人の言うとおり、お店では、少しでもフルーツサンドをおいしくつくるために水にもこだわり、近くの山から天然水をくんできているという。

じゃあ、たのんだわよ。別荘に5000本。配達料は多めに出すから。

ボクはドロボーでもドライバーでもない～～！

71

ガーモ【近所にすむ三つ子のママ】

このへんはね、お散歩コースなんですワ。
いっつもね、この子たちを連れてテクテクしてるのですワ。
それでね『はしれメロン』を食べてみたい〜って、言うもんで
すから、今日はじめてならんでみたんですワ。

店内がまっくらになったとき、何か変わったことは
なかったかな？

とつぜんのことだったので、びっくりしましたワ。
思わずのんでいた水をはきだしそうになって、せきこんで
しまいましたワ。

そりゃ、びっくりしたらセキのひとつやふたつ、出ちゃうべさ〜

うーん。おどろいたのもそうですけど、じつワ……
お水がとっても苦くて。それでむせたんですワ。

ガーモは、3人の子をじゅんばんになでながら、ミッケルたちの質問にハキハキ
と答えた。やがて、ひとりの子がぐずりだした。ゴーカイが変顔で笑わせようと
したが、あまりのはくりょくに大なきしてしまった。

ほらほら、オモチャがあるワよ〜。はい、アナタたちにもあるワ。

ほぇ〜！　3人ともおなじオモチャだっぺ。
ちがうのを買わないだべか？

「3人いっしょ」がモットーなんですワ。
服も、コップも、勉強道具も全部、色も形もおなじものに
してますワ。そのおかげで、ケンカも少ないですワ。

フム。なんでも3つ必要なのか……。
それで、今日はこのあとどうするのかな？

近くにスイーツの屋台が出てたから、そこによって帰ろうと
思ってますワ。

（……なんとなくだが、あの屋台はやめておいたほうが）

ハールバル【とおくから来た少女】

はぁ～せっかくお店までがんばって来たのに
おじいちゃんの誕生日プレゼント、どうしよう……。

とおくから電車をのりついで大人気の『はしれメロン』を買いに来た少女・
ハールバルは、しょんぼりとしていた。

えっと……お店がくらくなったときのこと、おぼえてるかな?

**のこり3コになったから、わたしの前にいた
ガーモさん親子で売りきれちゃうと思って……。**
ショックでよくおぼえてません。

フム。気持ちはわかる。だが、どんなことでもいいんだ。
気がついたことがあれば教えてくれないか?

う～ん……う～ん……。ごめんなさい。お店の**お水がとっても
おいしかった**ことくらいしか思いだせないです。

あれま! さっき**ガーモさんは、
苦かった**って言ってたべ!

でもよ、**カバリス夫人は、
おいしい**って大ぜっさんしてたよ?

あっ! そういえば……まっくらになるちょっと前のこと
なんですが、**何かコードみたいなのを持って、お店の外を
うろつく人かげを見ました。**事件とは関係なかったら
ごめんなさい。

ムムム? いや、いろいろ教えてくれてありがとう。
かならずやミッケルが真実を見つけてみせるさ!

推理Qに進む ▶▶

ミッケルの推理 Q

メロンのようにスイートなダンスで
ミッケルの頭脳はフル回転するのだ!!

ナゾ1 ▶▶ 『はしれメロン』はどこへ消えたのか?

ねんのためゴーカイの身体検査をしたが、はしれメロンは発見
されず。たった3分のくらやみのあいだに、はしれメロンは
どこに行ったのか? そして、なぜ3コあるのに、1コだけ
消えたのか?

のむ人によってちがう? 水の味 ◀◀ ナゾ2

サービスで出されていた、フルーツサンドづくりにも使われてい
る天然水。のんだ人によって味の感想がぜんぜんちがっていた。
はたして事件に関係あるのだろうか?

ナゾ3 ▶▶ あやしい人物とコード

ハールバルが目げきしたあやしい人物とコード。そういえば
……今回はまだ出てきていないぞ?
いつもの「アイツ」が……。

『事件の真実は
このミッケルがかならずミツケル!!』

オ・レッ!!

74

店内が停電になった3分のあいだに

1コだけ消えた人気スイーツ

だれのしわざなのか？

キミの名推理を期待する

解決編で真実にせまる

解決編

ナゾはすべて解けた！
消えた『はしれメロン』について
「あついギロン」をかわそうではないか！

事件解決のために、関係者だけをのこした店内でミッケルは宣言した。

なんでもいいから、早くしてちょうだい。
これからパーティーがあるのよ？

まあまあカバリス夫人。
これからおひろめするナゾトキパーティーも
なかなかきょうみぶかいものになるはずさ。

ところで、三つ子ちゃんたちはどこですか？

今、お外で遊んでもらってますワ。

店の外には、三つ子たちをあやしているゴーカイのすがたがあった。
さいしょは大なきされてしまったゴーカイの変顔だったが、
子どもたちもなれたようで、今は大ウケしている。

あらあら、だいじょうぶなの？
ドロボーに子守りをまかせたりして。

フフフ。ゴーカイはドロボーではない。
犯人はべつにいる。停電中にスイーツをぬすんだ人物がね！

そしてミッケルは、外にいるゴーカイたちが、こちらを見ていないのを
確認してから、その人物を指さした。

犯人は『ガーモ 』だ！

そ、そんなまさか……。

ハールバルやビスケたちが言葉をうしなうなか、名ざしされたガーモは、
ミッケルとおなじように、子どもたちが遊びに夢中なのを
確認し、「あついギロン」をはじめた。

あいにくですが……ワタクシ、かくしてませんワ。
ポケットやカバンの中を確認してもらって
けっこうですワ。

フッ。その必要はないさ。**はしれメロンがかくされて
いるのは、もう取りだせない場所だからね！**

取りだせない場所？　でも、くらくなったのは３分ですよ。
そんなみじかい時間で、どこにかくせるっていうんです？

フフフ。ひとつだけあるのだよ。すぐにかくせて、
二度と見つけられない場所……それはここさ！

そう言ってミッケルはもう一度、ガーモの顔を指さした。
指先はスーっと下がっていき、ある場所でピタリと止まった。

そ、そこは、まさか！

そう！ **胃ぶくろの中だよ！**
アンタは停電になったしゅんかん、スイーツを
口にパクっと入れてのみこんだのさ！

ワ、ワ、ワワワ…………。

ミッケルの推理に、ガーモはあきらかにうろたえていた。
だが、それだけでは決定的な証拠とはいえない。
カルタがミッケルに確認した。

でもよ、ミッケルさん。食べたかどうか
なんてどうやって証明できるんだ？

当店には防犯カメラはありませんし、
それにまっくらでしたから……。

そ、そうですワ。なっとくできるせつめいを
してもらいたいものですワ。

とうぜんながら、だれひとりとして食べたしゅんかんを目げきしていない。
そして、胃ぶくろの中を見るわけにもいかない。
しかし、ミッケルはいっさい動じず、あるものを手にとった。

フッ。みなさん、どうです？ ここで1ぱい。

それは……お水？

急いでいるって言ったわよね？
ふざけないでもらえるかしら？

フフフ。ふざけてなんかいませんよ。
では、代表して、まだこの水をのんだことがない
カルタに１ぱい、ゴクッといってもらおうか。

オ、オラ？　ちょうどのどが
かわいていたからありがてぇな。

カルタはコップになみなみとそそがれた水を、いっきにのみほした。
そしてプハーッとひといきついたあと、笑顔を見せた。

ほぇ〜うんめぇ水だな。オラの地元の
わき水と、いいしょうぶだっぺ！

フム。さすがは人気スイーツに使われている天然水。
のんだ人間ほぼ全員が、おいしいと言っていた。
ただひとり……苦いと言ったガーモ以外はね。

もしかしてあらいわすれたコップだったとか？
ひとつだけせきこむほど苦かったなんて……。

ワ、ワタクシがのんだときワ、
たしかに苦かったのですワ！

フフフ。ビスケさん、安心してください。
その理由を今からお見せします。さぁ、カルタ。
もう一度、おなじ水をのんでもらおう。
ただし、今回はこれを食べたあとにだ。

ミッケルは、ビスケにおねがいして、スイーツに使用するメロンの果肉
を一部カットしてもらっていた。カルタはそれをおいしそうにパクっと
ほおばったあと、水をいっきにのんだ。すると……。

ゴホッ！　に、苦ぇぇ…………。

まさか！　おなじ水をのんだのに、せきこんだ？

フム。そうなのだよ。みんなも経験あるだろう。
メロンやオレンジ、パイナップルなどを食べたあと水をのんで、
苦く感じたことが。くだものがもつ、苦み成分のしわざさ。

ガーモさん、水をのむ前にメロンを
食べてたってことだべ！

ごめんなさい……そのとおりですワ。

停電になったしゅんかん、ガーモははしれメロンをほおばり、
水をのんで流しこもうとした。だが、思いがけず苦く感じたため、
ついせきこんでしまったのだ。

お待ちください。スイーツはのこり３コでした。
ガーモさんは、カバリス夫人のつぎにならんでた
わけですから、はしれメロンが買えたはずです。

おっしゃるとおりね。探偵くん、
どういうことなのか、せつめいできるかしら？

フム。ポイントは「数」だ。

３コあったスイーツが、１コ食べてのこり
２コになった。何かヘンなの？

フフフ。それじゃ、足りないのだよ。

そう言ってミッケルは店の外に目をやった。その先には、すっかり
ゴーカイになついて走りまわる三つ子たちのすがたがあった。

あっ！　三つ子ちゃんの分？
２コじゃ足りない……。

もともと３コあったのよね？　母親ががまんすれば、
ちょうど３コじゃない？　どうして１コ食べたのよ!?

フッ。それは、**ハールバル、キミにゆずるためだよ。**

ハッ!?　わ、わたしに!?

フム。当たり前だが、もし３コのこっていたら３人分買える。
**ただ２コしかなかったら……１コ足りないので、平等に買い
あたえられない。**その理由で子どもたちをあきらめさせれば、
キミにじゅんばんがまわって……。

わ、わたしと、おじいちゃんの分、
２コ買える……そ、そんな!!

祖父の誕生日のためにとおくからはしれメロンを買いにきたという
ハールバル。近所にすむガーモはいつでも買いに来られるので、
ハールバルにはしれメロンをゆずろうと考えた。
ただし、わざわざならんでいて、３コ買えるのに買わなかったとしたら、
子どもたちがなきわめくかもしれない。
それに、そのままゆずったらハールバルによけいな気をつかわせてしまう
だろう。
そんなとき、ぐうぜん停電がおこった。そして、自分が１コ食べて、
のこり２コにするという犯行を思いついたのだ。

もうおそいですけど、店長さん。
はしれメロンとってもおいしかったですワ。
さて、それでは警察を……。

代金はちょうどいただきました。
お買いあげ、ありがとうございました～！

て、店長さん？　ワタクシ、お金をはらう前に
その場で食べてしまったんですワ。
罪をつぐなわないと……。

でしたら、こんどはお子さんたちとゆーっくり、
はしれメロン食べてくださいね。お待ちしてます。

ミッケルからは、もう何も言うことはなかった。これにて事件解決……
と思いきや、ある人物が乱入してきた。

さぁさぁ！　こっちのスイーツはまだ売ってるぜ！
その名も『あるけマロン』だ！

な、なんだそのどうどうとパクった
ネーミングは!? さては、そこの屋台の……。

あ！ この人、停電の前にコードを
持って店に入ってきてた！

コード？ ま、まさか!?

確認すると、店のおくでコンセントにささった太いコードを発見。
それをたどると、あやしい屋台の電源とつながっていた。

で、電気ドロボー！
このせいで、ブレーカーが落ちて停電したんだな！
こんなことを考えるのは……ゾロリ、おまえしかいない！

へっ！ バレちゃしかたねぇ。そろそろ、はしれメロンを
いただいて、「にげろドロン」といこうか。

ゾロリはすばやくレジのほうにむかった。そして、のこっていた2コの
はしれメロンを手にとった。

なんかもめてたみたいけど、みんなで食べられるように
わけりゃいいんだよ。いいかい？ まず、この1コの
はしれメロンを、こうして5つに切りわけるだろ？
で、2コはキミとおじいちゃんの分で、
3コは三つ子たちの分にすりゃいいのさ。ニヒニヒ。
あまったもう1コはおれさまの胃ぶくろに入れりゃ、
みんなハッピーだぜ！

おまえだけ超ハッピ―――!!

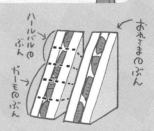

こうして事件は解決した。あれ以来、あやしい屋台は見かけなくなったという。そして、サンドイッチ店『ヘンデスとグレテル』にも変化がおとずれていた。

『はしれメロン』、ひとり5コまでになったそうだよ？

ほぇ～それならたくさんの人が買えてよかったべ！
まぁ、1コを仲良く分けあうのも、恋人なんかには
いいと思うけんども。

あ、そういえばさ、今、こんなのはやってるの知ってる？

ム？　これは……ジュース？

えっと『メロンをたべたあとの天然水』って名前だべか？

ふつうのお水に見せかけて、のんだら苦いっていう、
ドッキリアイテムなんだってさ。

このラベル……どう見てもアイツじゃないか～!!

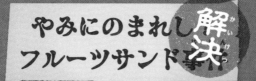

やみにのまれし
フルーツサンド事件　解決

05

おうごんの
ようかいサーカス事件

「ようかいサーカス『シルク・ド・バケール』
のラストステージにおこしいただき、
まことにありがとうございました!!」

団長を先頭に、サーカス団員たちがふかぶかと
おじぎをしている。
観客席からは、おしみないはくしゅが送られた。
『シルク・ド・バケール』の解散ステージがおわった。

観客たちはみな、なごりおしそうに席を立ち、
会場の出口へとむかっていく。
そのとき、ステージうらから、ひめいのような
団長のさけび声が聞こえてきた。

「あああ───っ!　な、ない!
黄金のバケール像がない!!」

サーカス団のシンボル、光りかがやく金のおばけの
オブジェが、消えた。ステージ上にかざられて
いたのだが、かげも形もなくなっている。
はたして、黄金のバケール像のゆくえは?
名探偵ミッケルによる「名推理」と
いう名のステージが開演する。

『シルク・ド・バケール』の
シンボル・黄金のバケール像。
ショーのあいだはあった。

ひとりはさかさで、
ひとりは大ジャンプ
空中ブランコ。

ハラハラドキドキ
自転車つなわたり。

ステージをかけめぐる
玉のりジャグリング。

もえさかる3つの
火のわをくぐる。

かんおけに入って
剣でくしざし。

サーカス大好き少年。
なみだをボロボロと
流していた。

事件の関係者たち

【ゆかいなサーカス団員たち】

人気ファッションデザイナーのニッコーがプロデュースしたステージ衣装。
全員おなじすがたなのには、ショーを楽しんでもらうための理由があるという。

すばらしいショーがおわったと思ったら、ナゾトキという
アンコールがはじまるとは……。この名探偵ミッケルが
最高のパフォーマンスでこたえようじゃないか。

消えた黄金のバケール像のゆくえをさがすことになったミッケル。
ゴーカイはいつものように刑事だとかんちがいされ、関係者を集めて、
聞きこみをはじめたのだが……。

言っておくけど、ワタシは関係ないからね！

そんなことより、ボクのパフォーマンスすごかったでしょ！

ごめん。ちょっと、トイレ行ってくる。

え？　わたし、そんな話してないわよ？
他人とまちがえないでもらえる？

……ムムム。だれがだれだかさっぱりわからん！
なぜ、みんなおなじすがたなのだ⁉

ウッフッフ〜。**パフォーマンスだけに注目してもらうためよ。**
すがたが見えていると、あの人は、イケメンだとか、
身体が大きいとか小さいとか、どうしても見た目が気に
なっちゃうでショー？

アンタが衣装をプロデュースしているニッコーさんか。
その理由はなっとくだ。
ただ、事件の真相をさぐるうえではとてもこまるのだよ。

ウッフッフ～。しかたないわね。チョ～ット待ってて ちょうだい。ミラクルミラクル～ニッコニコ～！

呪文のようなセリフを発すると、ニッコーはテキパキと団員たちの とくしゅメイクを落とし、衣装を回収していった。

あらためて……
事件の関係者たち

サルティン
【サーカス団長】

ニッコー
【舞台衣装プロデュース】

パオン
【サーカスファンの少年】

ろくろっくび
【火のわくぐり担当】

ゴーゴン
【自転車つなわたり担当】

クモおんな
【空中ブランコ担当】

ダンディジョンソン
【空中ブランコ担当】

ひとつ目こぞう
【かんおけくしざし担当】

からかさおばけ
【玉のりジャグリング担当】

今回は関係者が おおい。なんの 担当かおぼえて おこう。

フム。個性ゆたかなメンバーだ。 それで、今日はなぜラストステージだったのだ？

新しい「ほうりつ」ができるんだよ。 ぼくたちのサーカスは、あぶないからダメなんだってさ。 見にきた人はみんな、楽しんでくれるんだけどね。

かげきなパフォーマンスを禁止するほうりつができることになり、 ようかいサーカス団は解散することになったという。

時代ってやつだな。何よりも安全第一ってね。でも、観客がハラハラしなかったらサーカスじゃないさ。だからよ、ドハデにパフォーマンスできるうちにやめることにしたんだよ。

ほぇ〜。たしかに見たことないくらいごうかでドハデだったべ！

ふだんは団員がひとりずつ登場し、じゅんばんにショーをひろうしていた。ところが、ラストステージはとくべつに全員がそろって出演。ステージのあちこちで目まぐるしくくりひろげられるドハデなパフォーマンスに、観客はおおいにもりあがった。

そういえば、**公演中にわんわんないている男の子がいたよ。**

ああ、**パオンだな。**いつも来てくれる少年で一番のファンだよ。「解散しないでーっ！」って大声あげちゃって、みんなから注目されてたな。

でもすぐに、ろくろっくびが男の子のそばまで顔をのばして、変顔して笑わせたのよね。そしたらみんな大爆笑。

ワタシに言わせれば、お客さんもサーカスの団員だから！

 フム。アクシデントもショーにしてしまう。さすがはプロ集団だ。

本当にいいフィナーレだったよ。それなのに、黄金のバケール像がなくなっちまって……台なしだぜ。

 フッ。団長、まかせてくれ。このミッケルが、事件の真実も、消えたバケール像も見つけてみせる！

発見した手がかり

名探偵ミッケルとともに事件の手がかりを見ていこう。きっと、解決のヒントがあるはずだ！

手がかり 1　消えたバケール像

本物の金でできた像。団長いわく「このサーカス団のシンボル」だそうだよ。

フム。物としての価値も高いが、サーカス団の歴史をしめす物として、とてもたいせつなものなのだろう。

手がかり 2　ごうかなラストステージ

オラ、なんども見に来てるけど、こんなにごうかなのはじめてだべ。

ム。ステージのかざりつけなども、かなりお金がかかっているようだな。

手がかり 3　すりばち状の会場

くぼみの中心にステージがあって、そのまわりが客席。すりばちみたいな形だね。

フム。パフォーマンス中の団員はもちろん、お客さんどうしの顔も見えるな。

手がかり 4　ないて注目をあびた男の子・パオン

ショーの最中にわんわんないてたファンの子。みんなの視線を集めてたべ。

カッパの大きなイラストが入ったTシャツが目立つな。

手がかり 5　5つのパフォーマンス

5つのパフォーマンスを同時に見せるなんてぜいたくな演出だな～。

フム。それぞれのパフォーマンスについては、このあとくわしく聞きこみしていこう。

手がかり 6　今回はゾロリなし？

ミッケルさん、キョロキョロしてどうした？あ、ゾロリさんがいなくてさみしいべか？

ム？ま、まさか。ただ、気になるんだよ。何かしでかすにちがいないって。

聞きこみ に進む ▶▶

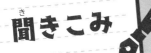

このなかに、あやしい人物がいないか？
よーく話を聞いてみよう。

サルティン【サーカス団長】

あれは、サーカス団の歴史がきざまれた思い出の
像なんだよ……。

ガックリとかたを落としている団長。バケール像は、このサーカス団をはじめたばかりのころ、ある国でショーをしたときに、王族からほうびとしてもらったという。

だけどよ、さっきのステージで見た気がするべ？

ショーのさいちゅうはステージのおくにかざっているんだ。
今日もそうだった。だが、いつの間にか消えていた。

フム。ラストステージはいつもとはちがって団員がいっせいに
パフォーマンスをしていた。それは関係あるのだろうか？

う〜ん。パフォーマンス自体はおなじみのやつだからな。
そういや、アクシデントなくおえることができてよかった。

ム？　どういう意味だ？

**ウチは歴史の長いサーカス団だから、設備やら舞台やら、
あちこちガタがきてるんだよな。**火がつかなかったり、
音楽がならなかったり、いろいろおこるんだよ……。

そうなんだ。ステージうらとかにあやしいヤツは？

刑事さん、団員たちのすがた見たろ？　知らねぇやつが
まぎれててもあのかっこうじゃ、オレでも見分けがつかねぇさ。

ム。そういえば、パフォーマンス中に、
なきだした男の子がいたが？

ああ、あの子か。よく来てくれるんだ。そういや、**いつもは
学校の制服すがただったな。Tシャツすがたを見たのははじめてだ。**

ニッコー 【舞台衣装プロデュース】

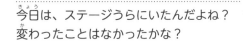

あら、ヤーダ。アータクシは悪いことしてないわよ？
ウッフッフ～。

今日は、ステージうらにいたんだよね？
変わったことはなかったかな？

う～ん、たいしたことじゃないんだけどネ。ひとり、**助っ人の
団員にも衣装を用意して、とくしゅメイクした**わね～。

それってたいしたことあるじゃん‼　あやしい！　あやしい！

あら。ヤーダ。そんな感じじゃなかったわよ？　フツーよ、
フツー。**シルクハットに黒のマスクにマントをはおって**……。

……ゾロリだ。

なんと、サーカス団の助っ人をしていたのはゾロリだった。
消えたバケール像はゾロリにぬすまれた可能性がうかびあがる。

オラ、さいしょからさいごまで見てたけど、
助っ人なんていたべか？　ステージ上の団員の数は
変わってなかった気がするけどな。

フーム。となると**ゾロリはだれかべつの団員と入れかわって
パフォーマンスをくりひろげていた。**そして、ゾロリと
その団員が共犯という可能性も出てくるな。

あら、ヤーダ。なんてだいたんな助っ人なの。ス・テ・キ……。

ゾロリはいったいだれと入れかわっていたのか？
そして、入れかわった団員はそのとき何をしていたのか？
ナゾはさらに深まってしまった。

パオン【サーカスファンの少年】

ぼくね、しょうらいサーカス団員になって、
いろんなパフォーマンスをするのがゆめなんだ。

シルク・ド・バケールの大ファンだという少年・パオン。
Tシャツのイラストからすると、ようかいのなかでもカッパが好きなのだろうか。
団員たちとはべつで、サーカステントの外で聞きこみをする。

お客も団員もみ～んなが注目してたね。
キミが大なきしたときに……。

ううっ……だって、サーカスがおわっちゃうと
思うと……びぇーん!!

あれま！　ゴーカイさん、なかしちゃダメだべ！

ミッケルは、なきわめくパオンのTシャツをじっと見つめだした。

ム⁉　そうか！　**ゾロリと入れかわった団員は
見ていないかもしれない！**

あれま。ミッケルさん？　見ていないって何をだ？

このTシャツのカッパのイラストさ。
パフォーマンス中のパオンの大なきに、団員全員が注目した。
そのときこのTシャツも見ているはずなんだ。
つまり、ゾロリと入れかわっていたら見ていない可能性がある。

わおっ！　ってことは、このあとの
聞きこみで知らない人がいたらアヤシイ……。

たしか、**パオンくんはステージ右横の客席**だったべな？

そうなんだよ！　横から見ると、いつものサーカスとは
ぜんぜんちがう感じがして、おもしろかった。
見えにくいところもあったけどね、えへへ。

関係者④　ろくろっくび【火のわくぐり担当】

オラ、たまげたよ。くびがビヨーンってのびて、
あっちゅう間に3つの火のわをくぐるもんだからよ。

ありがとね。なんのアクシデントもなく、さいごのステージを
おえられてよかった。少し前なんか、照明がこわれてまっくらに
なっちゃってさ。サーカスじゃなくて、おばけやしきに
なっちゃったことがあったのよ。ホーホッホ。

なきわめいていたパオンも、すぐなきやんでてね。

ああ、あれね。かえってもりあがって、ありがたかったわ〜。
今日は制服じゃなくてカッパのTシャツだったわね。

関係者⑤　ゴーゴン【自転車つなわたり担当】

アタシ？　ロープの上で自転車をこぐだけの
かんたんなお仕事よ？

ステージ上空にピンと張られたロープの上で自転車をこぐパフォーマンスを
担当しているゴーゴンは気さくに答えた。

でもむかし、ロープの上で自転車がパンクしたときは、
ドキドキしたわね〜。あのときはボロい自転車だったからね〜。
サングラスがはずれて、お客を石にしちゃうところだったわ。

ほぇ〜、今日の自転車はピッカピカだったっぺ？
買いかえたんだな。

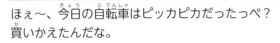

ところで、大なきしてた男の子のTシャツにかいてあった
イラスト、おぼえているだろうか？

ああ、パオンの？　サングラスと、とくしゅメイクごしで
ハッキリしないけど、**カッパに見えたわ。**

クモおんな&ダンディジョンソン
【空中ブランコ担当】

わたしがさかさでブランコをこいで、ダンディくんをキャッチしたり、はなしたりするのよ。

ほぇ〜じゃあ、ずっとさかさまで見えてるってことだべか。

わおっ！　ボクたちじゃ、目がまわっちゃうよ。

みごとなれんけいプレイで空中をクルクルとまうふたり。さっそく、ミッケルは例のイラストについてたずねた。

それで、男の子のＴシャツのことなのだが……。

あー、はいはい。パオンのことね！
Ｔシャツのヒゲおじさんのイラスト、ちゃ〜んと見えてたわよ！

ははは、**ちがうでしょ〜イラストはカッパだったでしょ？**

はぁ？　あれのどこがカッパなのよ？　どう見てもヒゲおじさんよ。

ム？　これは……。とりあえず、すべて聞きこみをおえてからにしようか。

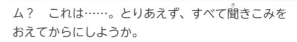

関係者⑦ ひとつ目こぞう【かんおけくしざし担当】

パオンくんのTシャツのイラストですか？
もちろんわかりますよ！ **カッパですよ、カッパ！**

ほぇ〜かんおけの中にいたのに、よくわかるべなぁ〜。

たしかに、かんおけに入ったままステージにあがるけど、
**剣をさされる前と、さされたあとでかんおけの
フタをオープンするんです。ドアをあけるみたいにね。
そのとき、客席がバッチリ見えます。**

彼は、かんおけに入り、外から10本の剣でくしざしにされるパフォーマンスを
担当している。剣をすべてかんおけにさしてぬいたあと、かんおけのフタがオープン。
キズひとつない彼のすがたに観客がおどろくというものだ。

今日は病気で入院中の母が見にきてくれたんです。
さいごのステージだからって、病院から外出許可をもらって。
子どものころはよくサーカスに連れてってもらって……。
なつかしい気持ちになりました。

関係者⑧ からかさおばけ【玉のりジャグリング担当】

探偵さんたち、わたしのパフォーマンスどうだった？
みごとだったでしょ？

大玉にのりながら、色とりどりの玉をなげて受けとるジャグリング芸をひろうした、
からかさおばけ。

観客で大なきした男の子のことについて聞きたいんだけど。

はいはい、パオンくんね？ めずらしく制服じゃなくて、
なんかユニークなシャツきてたね。カッパのイラストの。

フーム……。手がかりをまとめてみるとするか。

推理Qに進む ▶▶

ミッケルの推理 🔍

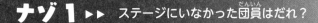

サーカスステージひとりじめのダンスで
ミッケルの頭脳はフル回転するのだ!!

ナゾ1 ▶▶ ステージにいなかった団員はだれ？

ゾロリが助っ人として、ステージにあがっていたと考えるならば、
だれと入れかわったのか？　全員が見たはずのパオンの
「カッパのイラスト」を答えられなかった団員がひとりいたが……。

さいごにして完ぺきなステージ ◀◀ ナゾ2

ショーのための小道具も大道具もボロくなっているため、
日ごろは何かとアクシデントがつきものだと語っていた団長
だが、ステージはごうかなセットのなか、完ぺきに行われた。
しかも、全員同時というとくべつなパフォーマンスで。
消えた黄金のバケール像と、何か関係があるのだろうか？

ナゾ3 ▶▶ 黄金のバケール像のゆくえ

『シルク・ド・バケール』のシンボルであるバケール像。
黄金でできているため、かなりのねうちがあるものだろう。
やはり、ゾロリのねらいはこの像だったのだろうか？

『事件の真実は
このミッケルがかならずミツケル!!』

オ・レッ!!

97

読者への挑戦状

大きなポイントはひとつ
メイクしたゾロリと入れかわった
団員はいったいだれなのか？
それがわかればきっと、
事件の真相が見えてくるはずだ
キミの名推理を期待する

解決編で真実にせまる

解決編

**それでは、ミッケルサーカスによる
ナゾトキパフォーマンスの開演だ！**

ミッケルはステージ上でスポットライトをあびながら、客席にいる
関係者たちをぐるりと見わたし、高らかに宣言した。

黄金のバケール像のゆくえがわかったというのかね？

フッ。その前に、今回の事件の
大きなポイントについてお話しておこう。

大きなポイント？

フム。じつは今日の解散公演。
ひとりだけ、ステージにあがらなかった団員がいるのだよ。

まさか！　そんなことしたってすぐにバレる
……あっ！　まさか、**とくしゅメイク！**

そう。ニッコーさんの完ぺきなとくしゅメイクによってね。
団長でさえ、だれがだれだかわからないと言っていた。

そしてミッケルは、助っ人がメイクをしてまぎれこみ、
団員のだれかと入れかわってステージにあがった可能性について語った。

よりによって、さいごのステージで代理をたのむかしら？

フム。ふつうに考えればそうだろう。
ただ、そうしてまで**かわってほしい理由**があったんだろう。

それで、だれなの？
入れかわっていた団員というのは？

フッ。その正体をあばく手がかりが、
パオンのTシャツにあるのさ！

ぼ、ぼくのシャツ!?

おどろくパオン。そんな彼がパフォーマンス中に大なきした一連の
出来事についてあらためておさらいした。

パオンがなきわめいたとき、団員どころか観客も
彼に注目した。そして、インパクトのあるTシャツの
イラストに目をうばわれたはずだ。

あら、ヤーダ。アータクシはずっと
ステージのうらにいたから、知らないわよ？

フム。ニッコーさんや団長さんはべつだよ。
あくまでステージにいた団員の話さ。

さっき聞きこみで、団員のみんなに、パオンの
Tシャツのイラストについて聞いてまわったんだよ。

フム。ひとりだけいた。ちがう答えを言った団員がね。

それは……クモおんなさんだ。

わ、わたし!?

そうだよ。聞きこみでみんなが「カッパのイラスト」と
答えたのに、アナタだけが「ヒゲおじさん」と答えたんだ。

だって、本当にヒゲおじさんだったもの。ウソじゃないわよ。

だけど、どこをどう見たら、これが
ヒゲおじさんに見えるの?

フッ。じつは……クモおんなさんは真実を言っているのだよ。
彼女のステージ上でのすがたをよく思いうかべるんだ。

空中ブランコ……あっ、さかさま!?

フフフ。そのとおり。彼女がステージから見る世界は、
上下ぎゃくなのだよ! そして、このカッパのイラストを
さかさにすると……。

ミッケルは、パオンにさかだちをしてもらった。
するとカッパのイラストも上下がぎゃくになり……。

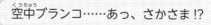

そう、わたしが見たのはコレよ!

なんと! カッパがひっくり返ったら
……ヒゲおじさんに見える!

ミッケルが事件解決の手がかりだと語った、パオンのＴシャツのイラスト。
ひとりだけちがう答えを言ったクモおんなだったが、その理由は
空中ブランコから見たせいで、上下がぎゃくになっていたからだった。

待ってくれ。そのほかの団員は「カッパ」と答えたの
だろう？　ってことは、全員がないたパオンを
ステージから見たってことじゃないか。

なぁなぁ……ミッケルさん、
オラたちの聞きこみ、意味なかったべか？

フッ、とんでもない。決定的な証拠を手に入れている。
考え方を逆転させるのさ。**ステージにいたら「カッパの
イラスト」をぜったいに見ることができない人物がいる**のだよ。

そう言ってミッケルは、関係者をステージの右側の客席に移動させた。
そこはパオンが今日すわっていた場所である。

当たりまえだけど、**正面からと見え方が
ぜんぜんちがう**わね。

フム。パオンはここにいた。しかし、あるパフォーマンスを
担当した団員は、ステージからパオンのすがたを確認することは
不可能なんだ。それは、アンタだ……。

『ひとつ目こぞう』！

ミッケルが名ざししたのは、かんおけを使った
くしざしパフォーマンス担当のひとつ目こぞうだった。

待ってください。ぼくはずっとかんおけに入っていましたけど、
せつめいしたとおり、**くしざしにされる前と後、それぞれ
かんおけのフタをひらくから、客席は見える**んですよ？

フッ。それはどうかな？
カルタ、かんおけに入ってもらえるか？

あれま！　オラ、くしざしはイヤだべ……。

さすわけなかろう。いいから入ってみてくれ。
どうかなカルタ？　客席は見えるかな。

そして、かんおけを
あけてくれ。

見た目はかんおけだが、中にはドアノブがついていた。
カルタはそれをひねって、ドアを左にひらいた。

これなら、客席がバッチリ見えるべ！

それはどうかな？　みんなは、そこから
カルタの顔は見えるかい？

ああっ!!　かんおけのフタがジャマで
顔どころかすがたも見えないわ！

たしかにあのとき、ボクもかんおけのフタしか見えなかったよ。

…………。

そう、左びらきのかんおけのフタにさえぎられ、ひとつ目こぞうは、
Ｔシャツのイラストを確認することはできなかったのだ。

だが、待ってくれ。ひとつ目こぞうは聞きこみで「カッパのイラストを見た」と答えたんだろう？

パオンくんは『シルク・ド・バケール』の大ファンで、団員とも顔見知りなんだよね？　だったら、服装くらい知ってたんじゃないの？

いや、彼はいつも制服で来ていた。あのＴシャツははじめて見たよ。

 フフフ。**ステージ上から見えなくても、客席からならどうかな？**

何を言っているの？　彼はステージ上にいたんじゃ……あ〜〜‼　も、もしかして、助っ人？？

 そう！　ひとつ目こぞうは、ニッコーさんがとくしゅメイクした助っ人と入れかわっていたのさ。そして公演中、ひとつ目こぞうは、客席にいたのさ！

……さすがです。名探偵さん。おっしゃるとおり、ぼくは客席にいました。

ひ、ひとつ目こぞう‼　どうして！

ひとつ目こぞうは「ごめんなさい」とふかぶかと頭を下げながら、真相を語った。

今日、ずっと入院していた母が、公演を見にきたんです。病院からとくべつに外出許可をもらって……。

フム。それで、お母さんにつきそって
ショーを見ていたんだね。

子どものころ、母といっしょによくサーカスを
見にいっていて。とても楽しい思い出なんです。
それで、『シルク・ド・バケール』のステージも
母に見せてあげたくて。**今日はむかしのように、
母のとなりでサーカスを見たかったんです……。**

開演の直前にマスクと衣装をぬいで、母の待つ客席へむかった。
そして、パオンがないたときに、客席からそのすがたを目げき。
カッパのイラストもおぼえていたという。終演後はマスクと衣装を
つけなおして、何事もなかったかのようにステージにもどった。

んだけども、なんで入れかわった
助っ人がゾロリさんなんだべ？

このチラシを見ておねがいしたんです。

ム？　「なんでも屋」だと……？

チラシには、キツネのマークとともに、
「かたもみから、かえ玉まで、なんでもござれ」と書かれていた。
ひとつ目こぞうは、その言葉を信じ、サーカスの身がわり仕事を
おねがいしたのだという。

終演後にゾロリさんと黄金の
バケール像が消えた。つまり……。

フッ。ぬすんだのはアイツ以外にはありえないさ。

ウワサをすればなんとやら……まさにタネ明かしとばかりに、
あの男はあらわれた。

オイオイオイー!!

じょうだんじゃないぜー!
高そうなこの黄金の像! 売ろうとしたら、
ニセモノの金だって言われたぞ!!

 ドロボーしたうえに、ぎゃくギレか!!

すると、団長がゾロリにかけよりバケール像をうばいとった。

待ってくれ! これはたしかにニセモノだ!!
ほ、本物はいったいどこに……!?

がくぜんとする団長。そこへ、ひとつ目こぞうをのぞく団員全員が
頭を下げて謝罪した。

団長！　もうしわけありません！
バケール像がなくなったのはわたしたちの
せいなんです。お金にかえて……
今日のステージの費用にあてました。

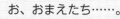

お、おまえたち……。

おどろいたことに団員たちは、バケール像を古道具屋に売って、
お金にかえていた。そのお金で古くなったステージの道具など、あちこちを
修理したという。さいごのステージは、完ぺきなパフォーマンスを観客に
とどけたいという思いからの行動だった。
そして、ニセモノの像をつくってステージにかざり、後日、団員みんなで
お金をためて、古道具屋から本物を買いもどそうという考えだった。

団長！　本物はかならず買いもどし
ます。警察につきだしてもらっても
かまいません！

……何を言っているんだ。これこそシルク・ド・バケールの
バケール像さ。お客さんに全力でよろこんでもらいたいと
いうみんなの気持ちがこもった、世界にひとつのシロモノだよ。

だ、団長……。

じゃあ、売ったほうの像はおれさまにくれ！
買いもどしたられんらくくれよ〜！

さいごのさいごまでずうずうしい!!!

こうして事件は解決した。『シルク・ド・バケール』は解散し、団員たちはそれぞれちがう道を歩みだしたという。

ビッグニュースだよ！ なんと、ひとつ目こぞうのお母さん、サーカス見たら元気が出てきたらしく、今日、病院を退院したってさ。

ム。それはよかった。

だけんどもよ、ゾロリさんもすげえべな〜。ひとつ目こぞうさんと入れかわって、ちゃんとくしざしパフォーマンス成功させちまうんだからよ。

そのあとドロボーしてたけどな……。とにかく器用なヤツだよ。

じつはその器用さで、ひともうけしちゃってるみたいだよ？ほいっ。これ、見てみてよ。

なになに「どれだけ剣をさしてもキズひとつありません。マジック革命・ゾロ」だべか。入場料2000円。

あいつ……サーカスでしいれたネタでひともうけしてるのか!! オレにも剣をささせろ〜〜！

おうごんの
ようかいサーカス事件
解決

06

正解は放送のあとで？ クイズ番組事件

「さぁ、出るか！　賞金1000万円！
ユメをかなえるため最終問題いってミロ！」

ベテラン司会者ミロ・モン太のコールで、ドカーン
と耳をつんざく爆発音とともにスタジオに
火ばしらがあがった。
火ばしらがあがると、客席からは大きなはくしゅが
わきおこった。ところが……。

「ざんね〜ん！　時間ぎれ！
1000万円チャレンジはしっぱ〜い！」

なんと、解答者のエンジーソンは、何も答える
ことなくタイムアップをむかえた。予想外の結末に、
スタジオがざわめくなか、番組終了直後に事件は
おきた。

「ああっ！　き、機材が、こわれてます！」
「おい！　もうひとりの解答者が消えたぞ！」

こわれた機材、消えた解答者。
客席にいたミッケルにとっての
本番はここからだった。

最終問題

でるか!?

まん えん
1000万円

最終問題はハデな
爆音&炎の演出。

10年ぶりの全問
正解がかかっていた。

きらびやかなかざりの
ゴンドラにのって
司会するミロ・モン太。

もうひとりの解答者はゾロリ。
いつの間にか消えていた。

解答ボタンを反応させる
機材がこわれていた。

事件の関係者たち

エンジーソン
【町工場の技術者】
下町の小さな町工場
で「未来の車いす」
を開発中。開発費の
ためにクイズにいど
んでいた。

ネコジマディレクター
【テレビディレクター】
テレビ番組の視聴率
アップにいのちをか
けるディレクター。
少ない予算でなんと
かもりあげようとし
ている。

ミロ・モン太
【ベテラン司会者】
『挑戦者の人生を変
える! 賞金1000
万円 クイズビリビ
リオネア』の司会
者。長年テレビ業界
をもりあげてきた大
ベテラン。

ウォンキョウ
【番組スタッフ】
番組のセットや照明
などを担当。収録直
後に解答ボタンにつ
ながる機材がこわれ
ているのを発見。

ミッケルさん、事件のナゾはズバズバ当てられるのに、クイズ番組ではからっきしダメだったべな〜。

ム、ムムム……オレが予選落ちで、どうしてアイツがっ！

ゾロリ、意外とやるよね。予選を2位でとっぱするなんて。

じつは今日、ミッケルもクイズ番組に参加していた。だが、予選であっさり敗退。その後、観客席から収録を見守っていた。

予選1位のエンジーソンさん、どうしたんだべか？**決勝の最終問題までずっと全問正解だったのに、さいごのさいごでボタンすらおさなかった**だなんて……。

決勝に進んだのは、エンジーソンとゾロリ。早おし10問の勝負で、より多く正解したほうに優勝賞金50万円がおくられる。さらに決勝戦で全問正解した解答者にはパーフェクト賞として1000万円がおくられるのである。

おなかがすいてたんじゃないかな？おべんとうがとどくのおくれてたみたいだし……（グゥ〜）。

フッ。ゴーカイじゃあるまいし、それはないだろう。

観客のみんながエンジーソンさんをおうえんしてたのに……。賞金で「未来の車いす」を開発したいってゆめを語るすがたに、オラ感動したべさ。

エンジーソンは、足が不自由な人のために、段差や坂、きょりなどを
気にせずに、どこにでもらくらく移動できる「未来の車いす」を開発している
技術者だった。　かくとくした賞金は車いすの開発費の一部にあてると、
ゆめを語っていた。

答えてまちがえたならまだしも、答えないなんて、
もったいないよね。

消えたゾロリ、答えずに1000万円をのがした解答者、
こわれた機材……クイズでは、ふがいなかったが、
名推理でばんかいしてみせよう!

クイズ番組の収録後におきたナゾ多き今回の事件、ミッケルはみごと、
正解をみちびき出すことはできるのか?

ま、事件を解決しても賞金はもらえないけどね!

フッ。名探偵にとって真実をつきとめることこそ、
イチバンのごほうびさ。1000万円より価値のある……
(本当は1000万円もらえたほうがいいに決まってる)
……オホン、なんでもないぞ。さぁ、手がかりをさがそう。

発見した手がかり

名探偵ミッケルとともに事件の手がかりを見ていこう。きっと、解決のヒントがあるはずだ！

手がかり **1**

最終問題 でるか!? 1000万円

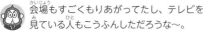
10年ぶりの賞金 1000万円

会場もすごくもりあがってたし、テレビを見ている人もこうふんしただろうな〜。

何せ10年ぶりの1000万円だ。番組スタッフもドキドキしただろう。いろんな意味で。

手がかり **2**

「未来の車いす」の開発

賞金をとって、ゆめをかなえてほしいとみんな思ってたはずだべ。

フム。1000万円は大金だが、開発費の一部と言っていたな。足りないのか。

手がかり **3**

司会者のゴンドラ

大ベテランのミロ・モン太。衣装もゴンドラもギラギラでゴージャスだな。

収録中はのりっぱなし。台本やミネラルウォーターも、おいたままのようだ。

手がかり **4**

こわれていた機材

解答ボタンとつながっている電源の機材がこわれていたみたいだべ。

最終問題のひとつ前まで解答ボタンは反応していたぞ？　いつこわれたんだ？

手がかり **5**

爆音とともにあがった火柱

ドハデなしかけ。ドッカーンという音とともに、みんな炎に注目してね。

フム。耳をつんざく爆音で、しばらくゴーカイたちの会話も聞こえなかったぞ。

手がかり **6**

収録後に消えたゾロリ

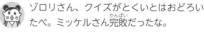
ゾロリさん、クイズがとくいとはおどろいたべ。ミッケルさん完敗だったな。

ムムム。何かうらがあるはずだ！　それにしてもなぜ、消えたのだ？

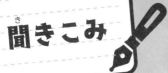

聞きこみ

このなかに、あやしい人物がいないか？
よーく話を聞いてみよう。

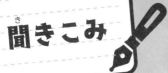

関係者①

エンジーソン【町工場の技術者】

うぅっ……あと、もう少しだったのに……わたしたちのゆめ、
「未来の車いす」の開発費が……。うぅっ。

1000万円チャレンジはざんねんだったけど、優勝賞金の
50万円はゲットできたんでしょ？　元気出しなよ。

でもよ、**1000万円でも足りなかったんだべ？**

試作品をつくるのに1億円はかかるかと思います。
ですが1000万円でも小さな町工場にとっては大金です。
ゆめの実現のために賞金が必要でした。

客席のみんな、感動しておうえんしていたよ。

段差のある場所や、でこぼこした道でも安全に移動できる
車いすをつくりたい。ホバークラフト型やキャタピラ型、
いろんな可能性にチャレンジしているんです。

こうふん気味に語るエンジーソン。じつは収録前にも……。

控室でミロさんにも熱弁したら、「1億ってことは、
1000万円チャレンジ10回しないとな！」と笑われてしまって。
でも、その言葉のおかげでリラックスできたんです。

ところで、なんで最終問題で解答ボタンおさなかったの？

それなんですが……わたし、**ボタンをおしていたんです。
でも反応しなかった‼**

エンジーソンは、かなしさとくやしさが入りまじった表情で、くちびるをかんだ。

最終問題は、答えなかったのではなく、答えられなかった⁉

ネコジマディレクター【テレビディレクター】

刑事さん、これ、放送していいですよね？　さわぎは収録後に
おこったんだから！　10年ぶりの1000万円チャレンジ、
高視聴率まちがいなしなんですから、おねがいしますよ〜

10年も出てないんだ。毎週チャレンジャーが出れば、
もっと人気番組になるんじゃない？

**ダメダメ！　毎週1000万円が出たらテレビ局、つぶれて
しまいます。** ただでさえ、予算がけずられているのに……。

ネコジマディレクターいわく、さいきんのテレビ業界は、人気があったとしても、
お金がかかる番組は打ちきられる可能性もあるのだという。

賞金1000万円をはらわなくても視聴率をとれる方法があるぞ。

なんですか、そのすばらしい方法は！　ぜひ教えてください!!

最終問題だけ、解答ボタンが反応しないようにするのさ。

……テレビマンをバカにしないでくれ。そんな不正はぜったいに
しない！　お金はかけられないけど、スタッフみんなが番組を
もりあげようと、必死でがんばっているんです！

悪かった。さっき、エンジーソンさんが「最終問題だけ
解答ボタンが反応しなかった」と言っていたのでね。

わたしたちは、あまった台本をメモ用の紙につかったり、
いろいろせつやくして、いい番組つくろうとしてるんですからね！
解答ボタンの不正なんてウワサが出まわったらこまります!!

ネコジマディレクターの仕事へのじょうねつに、ミッケルたちはおどろいていた。
それだけでなく、ちゃっかりしているのがテレビマンである。

もし、**事件が解決したらスペシャル番組で放送させてください！**
『1000万円をのがした男〜ならない解答ボタンのナゾ〜』
これは高視聴率まちがいなしだ〜！　アハハ！

ミロ・モン太【ベテラン司会者】

結果はざんねんだったけど、もりあがったね〜。

ミッケルたちを出むかえたのは、40年以上芸能界でかつやくし、このクイズ番組で25年間、司会をしているミロ・モン太だ。

ミロさんから見て、収録中に変わったことはなかった？

 あったよ〜。おべんとうが休けい中にとどかなかったんだよ！
おかげでおなかペッコペコで決勝戦をやるはめになって。
聞こえたろ？　ボクのおなかがなる音が……ドカーンと！

あれま！　それはあの火ばしらの音だべ！

 アッハッハ！　じょうだんだよ。ん〜そうだね。
変わったことといえば、予選のとき観客席にイノシシのふたり組がいたことくらいかな？　あのゾロリくんが解答するたびに、
何かジェスチャーのようなことをしてたな。

ムム。そんなふたりが？　集中してたから、
おぼえてないな（じつはとてもきんちょうしていた）。

 そういえばミッケルくん、予選のときさいごに1問正解してたね。
あのねばりはすばらしかった。いいかい？
いっしょうけんめいな人がピンチに立たされていると、人はおうえんしたくなるもんなんだ。 番組の観客や視聴者だっておなじさ。
野球だったら、弱いチームが、強いチームから必死に1点もぎとったらもりあがるだろう？　世の中、強いだけがすべてじゃないのさ。いろんな形のヒーローがいる。

ミッケルは、ミロの言葉でエンジーソンがリラックスできたという意味が少しわかった気がした。

 チャレンジする人の数だけ、ドラマがある。
ボクはこの番組をいつまでもつづけたいと思っているよ。
ただ、おべんとうぬきはこまるけどね。アッハッハ！

関係者④ ウォンキョウ【番組スタッフ】

んもう～だれなの？　水ぶっかけたの!!
ショートしちゃってるじゃん！　もう直んないよコレ!!

スタジオセットのうらでひとりプリプリしていたのは、番組のセットなど機材を
あつかうスタッフのウォンキョウだ。

おやおや、水が？　こわれた機材を見せてもらえる？

これです！　**水でびしょびしょ。解答席の電源になってる機材が
ショートして、解答ボタンが反応しなくなったみたい。**

ほぇ～いつこわれたんだべか？

最終問題の直前、火ばしらがあがったあたりでこわされたんじゃ
ないかな。それまではボタンは反応してたから。
でも、そのときの映像を見直してるんだけど、あやしい人影とかは
見当たらないのよね……。

いったいどこからだれが水を。ム？　**機材の上の部分が
とくにぬれている。そして水がとびちっている……？**

ウォンキョウさん、たいへんだべ？　番組につかえる
お金が少ないってのに、機材がこわれちまって。

あ、ぜんぜんだいじょうぶ！　この機材、古すぎるのよね。
わたしが修理しながらなんとか使ってきたけど、そろそろ
テレビ局に買いかえてもらわなきゃって思ってたところだから。

推理Q に進む ▶▶

ミッケルの推理 🔍

クイズの成績はイマイチでも
ダンスをすればミッケルの頭脳は
フル回転するのだ！

ナゾ 1 ▶▶ こわされた機材

最終問題の直前、機材がこわされたため、エンジーソンさんが
解答ボタンをおしても反応せず、賞金をかくとくできなかった。
おそらく、1000万円チャレンジをだれかがジャマしたにちがい
ない。だれがなんのために？

機材にかけられた水 ◀◀ ナゾ 2

機材がこわれたげんいんは、**水をかけられてショート**したため。
機材の上部分からかけられている。
いったいだれが、いつかけたのか？

ナゾ 3 ▶▶ 消えたゾロリ

つぎつぎとクイズに正解し予選をとっぱ。決勝に進出した
ゾロリだったが、ボタンをおすどころか、ひと言も発せずに、
収録後、どこかへ消えてしまった。なぜ消えたのか？

『事件の真実は
このミッケルがかならずミツケル!!』

オ・レッ!!

118

読者への挑戦状

「未来の車いす」という大きなゆめをかけて挑んだ
賞金1000万円のクイズ

だれが、いったいなんのために阻止したのか？

キミの名推理を期待する

解決編で真実にせまる

しょくん！　まだクイズはおわっていない！
今回の事件の犯人はいったいだれなのか？
その最終問題にみごと、正解してみせよう！

ミッケルは、クイズセットに関係者全員を集めた。
あとでスペシャル番組を放送する気まんまんのネコジマディレクターに
よって、ミッケルの推理のようすはさつえいされている。

おっと、カメラがまわってるのね。
探偵くん！　せっかくだから、先ほどの
リベンジといかないかい？

ム？　リベンジ？　どういうことだろうか？

決まってるだろ？　クイズをはじめるのさ。
ボクが出すナゾを、クイズ形式で解いていく。
予選ではかつやくできなかったから、ここで
名誉ばんかいしてみてはどうだい？

フッ。さすがは長年芸能界でかつやくしている
エンターテイナーだけあるな。いいだろう。はじめてくれ！

こうして、解答者ミッケルによる「ナゾトキ」という名の延長戦が
はじまった。

では、第1問。いってミロ！
「賞金1000万円がかかった最終問題、なぜ、
エンジーソンくんは解答しなかったのか？」

本物のクイズ番組とおなじく、カチカチと制限時間のカウントダウンが
はじまる。ミッケルはあわてずゆっくりと解答ボタンをおした。
だが、もちろん機材がこわれているのでボタンは反応しない。

答えは、ごらんのとおりさ。
機材がこわれてボタンが反応しなかったから！

それでは、正解を……エンジーソンくん、どうぞ！

え？　わたしが答えるんですか……はい、そのとおりです！

というわけで正解！　つづいて第2問、いってミロ！
「では、機材をこわしたのはだれ？」

言うまでもない。犯人さ。

それでは、犯人さん、正解をどうぞ…………って、
答えるわけないか。じゃあ、そろそろこの問題に
いくとしようか！　ミッケルくん！

すると、明るくさわやかな司会ぶりを見せていたミロがとつぜん、
真剣な顔つきに変わり、ミッケルにこうせまった。

第3問いってミロ！　「ズバリ、今回の事件の犯人はだれ？」

わおっ！　もう犯人を聞いちゃうの!?

こ、これは視聴率のニオイがプンプンするぞ〜!!

一同がざわめくなか、ミッケルは自信ありげな顔をうかべて
クイズの答えをつげた。

犯人はアンタ
……『ミロ・モン太』だ！

そ!!　そんな!!　まさか!!!

もはや観客のようになった一同から、どよめきがおこる。
だが、名ざしされた本人はふたたび明るくさわやかなふるまいにもどり、
司会をつづける。

いいね〜ミッケルくん！　最高だよ！
「すじ書きのないドラマ」こそ、テレビ番組の本当の
おもしろさなんだよ。この先どうなるのか？
それが読めないから夢中になるんだ。
ミッケルくんの答えは、はたして正解なのか？
問題をつづけよう！

第4問いってミロ！「犯人の目的は何？」

フフフ。かんたんな問題がつづくな。
もちろん、エンジーソンさんに1000万円をとらせないことさ。

つづけて第5問いってミロ！
「では、犯人はどうやって本番中に機材をこわしたのか？」

答える前に、もう一度機材を見てくれ。

水がぶっかけられてて、ショートしてるべ。
とくに上のほうびしょびしょだな。

……ん？　機材からはなれたところまで
水がとびちってるね。

そう。犯人は機材の上から水をかけたのさ。とおくまで
とびちった水が、高い場所からかけたことをしめしている！
それができるのはゴンドラにのっていたミロさん、
アンタしかいない。

あれま!!　あそこ、見てほしいべ！

カルタはゴンドラを指さした。ミロが立っていた足もとのあたりには、
空になったミネラルウォーターのペットボトルがころがっていた。

しゃべりっぱなしの司会者は、とうぜんのどがかわく。
だが、さつえい中はゴンドラからおりることはできない。
だからアンタは足もとにかならず水を用意しているんだ。
実行したタイミングは、おそらく1000万円チャレンジで
火ばしらがあがったときだろう。

みんなが火ばしらに注目してたし、
爆音で水をかける音もかき消された……。

……それじゃあ、つぎがいよいよラストだ。
最終問題いってミロ‼

犯人だと名ざしされても、ミロはいっさい顔色を変えることなく
司会をつづける。

「犯人がエンジーソンくんの1000万円
かくとくをじゃましたのは、なぜ?」

ミロは真顔でミッケルを見つめた。それにこたえるように、
ミッケルは真顔で語りだす。

このナゾが一番むずかしかった。
はじめは賞金1000万円をわたしたら大赤字になって、
番組がおわってしまうという理由を考えた。
だが、「不正はしない」と言いきるディレクターさんと、
25年間もともに番組をやってきたアンタだ。
そんなことまでして番組がつづくことをスタッフの
だれもが望まないことを知っているだろう。
もちろん、アンタ本人もね。

待って!　賞金をはらいたくなかったわけじゃないの?
ますます理由がわからないんだけど!

フム。真相は……ぎゃくだったのさ!

ぎゃく⁉　どういうことですか?

ミロさんは聞きこみのとき、オレにこう言った。
「いっしょうけんめいな人がピンチに立たされていると、
人はおうえんしたくなるもんなんだ」と。

ピンチな人をすくいつつ、視聴者をひきつける方法をとった。それが答えだ!!

あっはっは! すごい。全問正解だ……ミッケルくん。

アンタは、収録前にエンジーソンさんから、「未来の車いす」のゆめを聞いて、おうえんしたくなった。しかし、おそらく1000万円では足りない。だから、ぎゃくに**1000万円をとらせないことで、視聴者の注目を集めて、おうえんしてもらう方法を**とっさに思いついたのさ。そうすれば、1000万円以上のお金があつまるかもしれない。

ふたりのやり取りを見ていたネコジマディレクターが声を上げた。

そういうことだったんですね!
ならばなおさら、視聴者にしっかりとどけないと!!

ははは、たのむぞネコジマディレクター。
ところでウォンキョウさん、機材をこわしてすまなかったね。
べんしょうするよ。さっき、新しいものをポケットマネーで注文しておいたから。

まさか、ミロさん……あの機材がオンボロなのを知っていて、わざと新しいものに?

それは気のせいだよ、あっはっは!

ミロさんのゴンドラこそ、かえどきじゃないですか。
25年間ずっとおなじだし。

アッハッハ! ボクはね、これ気に入ってるんだよ。
かざりの宝石もニセモノにしてはとてもよくできてるからね。

まてまて〜い!!

いただこうと思ってた宝石がニセモノだと!?
イシシとノシシもいつの間にかいなくなって、
決勝でまけちゃうし。さんざんだな!

ま、まさかおまえ! 観客席から答えを教わってたのか!?

賞金目当てに、番組に参加したゾロリ。番組スタッフになりすましましたイシシとノシシが客席から答えを伝えて予選を勝ちあがった。しかし、決勝ではイシシとノシシがおべんとうに夢中になってしまい、客席にあらわれず。その結果、1問も答えられなかった。そして賞金のかわりに、ゴンドラの宝石をいただこうとすがたを消していたのだ。

だいたい、準優勝者に賞金ないなんてセコすぎるだろ!

不正したらそもそも失格〜〜!!

こうして事件は、解決した。その直後に『きんきゅうとくべつ番組！1000万円を取りのがした男』というタイトルで、収録したばかりのクイズ番組が放送された。ミッケルのナゾトキ部分とあわせて大きな注目を集め、ミロのねらいどおり高視聴率をマーク。
そして、「未来の車いす」というゆめをかかげたエンジーソンを「おうえんしたい」という問いあわせがたくさんよせられ、視聴者からの支援金は1億円をこえたという。

ネコジマディレクターがこっそり教えてくれたんだけど、ミロさんもエンジーソンさんに支援金を送ったんだって。

ゆめをおいかける人をおうえんする。
それをおもてに出さないところがミロさんらしい。

んでよ、あれから番組の視聴率もよくて、ミロさんも司会者をつづけることになって、機材も新しくなったって。

フム。すえながく番組がつづくことをいのるよ。

あ、あとね…………つづくといえば、ゾロリがべつのクイズ大会にチャレンジしようとしているらしいよ。

もうアイツの行動は正解なのか不正解なのかわからん……。

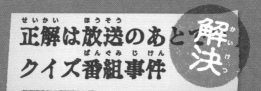

正解は放送のあと♡　クイズ番組事件　解決

原作:　**原ゆたか**（はら ゆたか）

熊本県出身。『かいけつゾロリ』シリーズの作者。「前作よりも、もっとおもしろいものを書きたい」「本の特性であるページをめくる楽しさを知ってもらいたい」と、いつも考えて作品を作っている。ときどき、本のすみでかくれて、ゾロリたちをみまもっている。

作:　**岐部昌幸**（きべ まさゆき）

群馬県出身。放送作家として『ゲームセンターCX』『シューイチ』『秘密のケンミンSHOW極』などを担当。脚本家としても多くのアニメ・ゲームのシナリオを手掛ける。著書に『ボクはファミコンが欲しかったのに』（廣済堂出版）などがある。

絵:　**花小金井正幸**（はなこがねい まさゆき）

東京都出身。イラストレーター・漫画家。「週刊少年ジャンプ第39回赤塚賞」準入選「少年ジャンプ1993　ホップステップ賞（秋本治賞）」受賞。『キミならどうする！？　もしもサバイバル　ゾンビから身を守る方法』（ポプラ社）など、児童向け書籍でも活躍している。

まじめにふまじめミステリー　ナゾロリ
おうごんのようかいサーカス事件

2024年3月　第1刷

原　　作：原ゆたか
　　作：岐部昌幸
　　絵：花小金井正幸
デザイン：有限会社フロッグキングスタジオ（近藤琢斗、石黒美和）、佐藤綾子（Tangerine Design）
校正協力：崎山尊教

発 行 者：加藤裕樹
編　　集：柘植智彦　竹村直也
発 行 所：株式会社ポプラ社
　　　　　〒141-8210　東京都品川区西五反田3-5-8　JR目黒MARCビル12階
　　　　　ホームページ　www.poplar.co.jp
印刷・製本：中央精版印刷株式会社

ISBN978-4-591-18004-4　N.D.C.913　127p　21cm　Printed in Japan